proză EGO

Colecția „Ego. Proză“ este coordonată de Lucian Dan Teodorovici.

Foto copertă: © Getty Images – Paul Souders
Foto autoare: © Alex Gâlmeanu

www.polirom.ro

Editura POLIROM
Iași, B-dul Carol I nr. 4; P.O. BOX 266, 700505
București, Splaiul Unirii nr. 6, bl. B3A, sc. 1,
et. 1, sector 4, 040031, O.P. 53

Descrierea CIP a Bibliotecii Naționale a României:

BRANIȘTE, LAVINIA

Mă găsești când vrei: roman / Lavinia Braniște. – Iași: Polirom, 2021

ISBN 978-973-46-8653-7

821.135.1

Printed in ROMANIA

Lavinia Branişte

Mă găseşti când vrei

roman

POLIROM
2021

Vorbeam la telefon cu orele și, când răspundeam și duceam la ureche poza lui de profil, simțeam că-mi bag un cablu în ceafă și mă conectez la mintea lui. Când începea să vorbească, simțeam cum curge electricitatea.

Am vrut să-i spun că are o forță capabilă să țină în echilibru un sistem solar, un câmp gravitațional căruia nu-i scapă nimic. Am vrut să-i spun că mă simt dezbrăcată când vorbesc cu el, pentru că mă vede. Că pot să-i spun orice și el înțelege, și înțelege nu numai vârful făcut din cuvintele pe care le spun, ci tot muntele de gheață care atârnă.

După câteva zile am vrut deja să-i spun cât de fericită sunt când îl aud, pentru că eram, într-adevăr, fericită. Atât de fericită, încât mă credeam frumoasă.

Bine că nu i-am spus.

Pentru că mintea mi-a mai făcut farsa asta înainte, și nu o dată.

Pentru că inima mea era acid sulfuric și el a fost o picătură de apă care a căzut în ea.

Ne-am întâlnit în aeroport. Mergeam la Amsterdam pentru un interviu și am ajuns la Otopeni foarte devreme. Era ianuarie și se dezghețau nămeți noroioși, iar traficul era infernal, așa că mi-am luat o marjă mare. Până la urmă am ajuns prea devreme și m-am așezat la o cafea. Mi-am pus căștile în urechi și, timp de mai bine de jumătate de oră, m-am uitat pe telefon la o emisiune. Am tot zâmbit, fiindcă emisiunea era amuzantă, iar când s-a terminat și am ridicat ochii din telefon, l-am văzut la masa din față, întors un pic într-o parte, către mine, privindu-mă și zâmbind și el discret.

La controlul de securitate a rămas în urma mea, dar s-a așezat la același rând. M-a privit de la distanță. S-a uitat la mine prin poarta cu scanner, când o femeie în uniformă mi-a pipăit sârmele de la sutien.

La poarta de îmbarcare a apărut din nou pe un scaun în fața mea, ceea ce începuse să mi se pară un pic ciudat. Dar măcar nu s-a mai uitat la mine. Și-a scos o carte să citească și m-a lăsat să-l privesc eu.

În timpul îmbarcării am uitat de el câteva minute, poate zeci de minute. Primisem un loc la fereastră, la una dintre ieșirile de urgență, iar stewardesa a venit imediat să mă atenționeze și să mă întrebe, în engleză, dacă mă simt confortabil în această postură. Am zis tare „yessss" și am lungit *s*-ul și m-am simțit curajoasă, apoi am început să studiez cu atenție instrucțiunile de pe ușă: cum să tragi de mânere, cum să arunci ușa afară.

Ușa de 17 kilograme.

Știu despre mine că în situații de urgență înghet.

Dar am mare încredere în piloți. Am încredere că au fost îndelung testați.

Să-mi amintesc totuși să arunc ușa afară, pe aripă.

Și apoi, când însoțitorii de bord începuseră deja să închidă cu ambele mâini compartimentele de deasupra capului, l-am văzut pe el cum se apropie și-i spune băiatului de lângă mine că-i oferă la schimb locul lui, pe rândul al doilea, dincolo de perdeluță, cu prânzul cald inclus.

— Mi-ai face o mare favoare, prietene, aș vrea să stau lângă colega mea.

Băiatul s-a dus.

Și eu m-am fâstâcit și m-am uitat pe geam și el a văzut în obrazul stâng că zâmbesc.

A fost un început frumos. A renunțat la o masă caldă ca să stea lângă mine.

O hotărâre pe care n-am mai văzut-o la nimeni, niciun bărbat nu s-a mai decis niciodată atât de repede că vrea să-și sprijine cotul pe mânerul dintre scaunele noastre, să-mi simtă căldura brațului, iar eu pentru prima dată n-am tras cotul ca arsă când ne-am atins.

Câteva secunde, niciunul dintre noi n-a știut cum să înceapă.

— Bine că sunt lângă ieșirea de urgență, am zis, continuând să mă uit pe geam.

— Te ajut să deschizi, dacă o să fie nevoie, a răspuns.

Și a întins mâna și a zis că-l cheamă Victor.

Aveam o carte în buzunarul scaunului din față și el a zis c-a citit-o. I-aș fi pus întrebări, să-l verific, dar din păcate eu nu țin minte detalii din ce citesc, întâmplări, replici, le uit pe măsură ce dau pagina, țin minte doar ce-am simțit în timp ce citeam.

Era clar că vrea să mă agațe, că se setase pe modul ăsta, și era clar că avea tertipurile. L-am lăsat să facă ce știe. Să conducă el jocul.

Mai târziu, când aveam să-i spun ceva mai apăsat că ăsta e un joc pe care l-a condus de la bun început, mi-a zis că nu înțelege despre ce joc e vorba.

— Am făcut ce-am simțit, mi-a zis. Și totul a curs. N-a fost niciun joc.

Dar sunt sigură că a înțeles ce-am vrut să spun. Fiindcă el înțelege tot.

M-am gândit prea mult la el după aceea. M-am gândit atât de mult, încât am generat cu forța minții un univers paralel în care noi doi eram împreună. Un univers în care am rămas pe veci ca-n avionul ăla, într-o întâlnire în care simțeam cum se deschid ca florile, una după alta, promisiunile pentru viitor – mic sau mare, nu conta.

A urmat o discuție despre cărți, filme, muzică, oameni care ne plac sau nu, se potriveau toate atât de bine, încât am avut impresia c-a fost trimis pe urma mea de un algoritm.

Și apoi discuția a devenit foarte personală, ne-am împărtășit din viețile noastre, am râs unul de altul și eu i-am zis că nu fac pipi în tren decât între Ploiești și București, fiindcă e singura bucată de cale ferată bună și trenul nu te zgâlțâie.

— Ce copil ești! a zis.

S-a uitat lung la mine.

— Pot să-ți dau părul după ureche?

M-am gândit că e un psihopat, dar de ce să-i spun nu? Începuse deja coborârea.

Mi-a dat părul la o parte și, când a coborât cu degetele pe marginea urechii, a tras un pic de cercel, de parcă n-ar fi vrut să-mi dea drumul, nu încă. Iar eu am răspuns la gestul lui lăsând capul spre stânga, spre el. L-aș fi lăsat pe umărul lui, dar aș fi fost o psihopată, ca și el. Aș fi fost o disperată.

N-am vrut să fiu o disperată.

Eram singură de aproape patru ani. Îmi pierdusem complet interesul pentru povești de cuplu. După fiecare dintre poveștile mele ratate fusese atâta suferință, încât aveam impresia că partea senină a relației nu a fost niciodată de ajuns pentru a o compensa, n-a meritat niciodată prețul pe care l-am plătit.

Cred că n-am știut cum să pierd, n-am știut cum să mă detașez – cu cât aveam mai mult exercițiu, cu atât devenea mai greu și mai umilitor. Așa că la un moment dat m-am închis și mi-am zis că, dacă voi mai trece vreodată printr-o încercare emoțională care implică un bărbat, atunci va trebui ca el să facă tot, să fie hotărât, să mă ia de guler, să mă scuture și să mă trezească.

Aveam 34 de ani.

N-am luat jobul la Amsterdam. Era compania-mamă, lucram pentru o ramură a ei din București, o muncă de rutină care nu-mi aducea nicio satisfacție. Spuneau în anunț că e un avantaj să cunoști limba olandeză, cu toate că jobul ar fi fost în engleză. Am pus eșecul meu pe seama acestui detaliu. Nu știam olandeză. Deși pentru interviu mi-am adunat cea mai bună energie și le-am spus că învăț repede, aș fi învățat repede și limba, știam engleză bine și germană nivel mediu, deci cât ar fi fost de greu?

La interviu am stat la o masă lungă, pe o latură, iar în fața mea, pe latura cealaltă, au fost șase persoane. Cred că a durat mai mult până s-au prezentat fiecare și mi-au explicat rolul lor în companie și în eventuala mea echipă decât discuția propriu-zisă cu mine. Am păstrat contactul vizual cu toți, am zâmbit, am spus exact ce trebuie, niște generalități prezentate frumos, astfel încât să iasă la iveală personalitatea mea adorabilă. Am simțit o vibrație pozitivă acolo în sală, părea că ne înțelegem de minune și că vom lucra în curând împreună. Dar probabil că era doar serotonina pe care mi-o injectase în cap Victor.

Probabil că fericirea cu care am intrat pe ușă m-a făcut să par tălâmbă.

Am încercat să aflu cine a luat postul după ce am primit rezultatul, vreo trei săptămâni mai târziu. Era complicat să aflu, la birou nu prea le convenea că m-am dus la interviu în Olanda. Însă a trebuit să le spun, n-am avut încotro, aveam nevoie de recomandare de la actualul loc de muncă. Șefa mea directă era o tipă mai tânără decât mine cu doi sau trei ani. Ne angajaserăm împreună, dar după un timp, când am fost mutați mai mulți pe un proiect nou, au făcut-o pe ea șefă de echipă pe baza evaluărilor pozitive. Se pare că ea avea punctajul cel mai mare, deși nu-mi dau seama care dintre noi n-o detesta. Cred că i-am dat note mari în bătaie de joc, cum dai inimioare veninoase pe rețelele sociale, până ne-am luat-o în freză și ne-am trezit că e șefa noastră.

După interviul din Olanda, echilibrul fragil al relației noastre profesionale s-a stricat iremediabil. Părea c-o luase personal că am vrut să plec și nici nu era prea departe de adevăr.

Între timp, lucrurile cu Victor pur și simplu au explodat. Parcă ne-am fi urcat într-o rachetă și am fi zburat spre stele.

La Amsterdam el a schimbat avionul și a mers mai departe, la Helsinki, pentru o serie de conferințe și apoi mai multe întâlniri de afaceri. Mi-a zis că lucrează în vânzări, dar mai multe n-a vrut să-mi spună și de câte ori am mai bătut apropouri a fost evaziv. Mi-a zis că sunt treburi importante și confidențiale și că o să-mi explice mai multe mai încolo.

— Doar nu crezi că te spionez, i-am zis și am început să râd. Doar tu ești cel care m-a agățat.

— Eu n-am făcut nimic, a spus el. Lucrurile pur și simplu s-au întâmplat.

Bine, s-o lăsăm așa, m-am gândit.

Eram îndrăgostită.

Dragostea se întâmplă.

Nu trage nimeni de nimeni.

Nu e nimeni de vină.

După mult timp în care am crezut că era cu adevărat fascinat de mine, după ce s-a prăbușit totul, după ce a trecut toată durerea și a început furia, am început să mă uit în urmă cu alți ochi. Și să mă întreb dacă nu cumva era de fapt fascinat de el însuși și de capacitatea lui de a-și schimba forma în modul cel mai natural. Îl interesa să-și exerseze aptitudinile de a descifra o persoană și de a-i intui comportamentul, de a-i spune ce vrea s-audă. Putea să repete toate astea la nesfârșit cu oricine. Cu mine putea să fie ca mine, cu altul putea să fie ca acela.

Țin minte cum a râs când i-am zis că semănăm.

N-a fost de acord.

Și eu m-am gândit cum de nu-și dă seama că semănăm.

Aveam uneori senzația că mă cunoștea atât de bine, încât mi se făcea frică. Era mintea lui perspicace, pe care nu se temea s-o lase să se desfășoare. Nu se temea să mă taie. Să-mi dea de înțeles că știe tot.

În acea primă lună până ne-am revăzut pe viu, am vorbit mult la telefon, ne trimiteam non-stop mesaje. Scrisorile noastre de dragoste erau filmulețe, emoji și selfie-uri cu bucăți de corp: picioarele lui și o carte desfăcută pe burtă, eu înfășurată în prosopul enorm, ca o blană, tăiată de la brâu. Nu mai trimisesem nimănui selfie-uri cu mine în baie, dar el mi le cerea și eu mă simțeam dorită, iar sentimentul acesta, nou pentru mine, avea o forță care mă speria un pic. Mă speria ce eram în stare să fac pentru a-l alimenta.

Când s-a întors, în sfârșit, la București, m-a sunat din taxiul cu care mergea acasă de la aeroport și m-a întrebat unde stau, să-i zic adresa.

— Ia-ți liber mâine, mi-a spus.

— Unde vrei să mă duci?

— Nu te duc nicăieri, vin eu la tine.

Nu mi-am luat liber, dar m-am dus mai devreme la birou, astfel încât să pot pleca pe la patru și jumătate. Mă aștepta în fața blocului.

Am început să ne pupăm în lift, care era un lift destul de sinistru, murdar și decrepit și abia urca, scoțând un zgomot teribil. Când am descuiat ușa, mi-a fost rușine. Stăteam într-o garsonieră închiriată, cu mobilă veche și urâtă, căreia îi mai dădusem eu un pic de viață cu cărți și câteva plante de interior.

Ușile erau tot alea de pe vremuri, de când se construise blocul, prin anii '70, ferestrele la fel.

A făcut ochii roată. Am încercat să văd pe fața lui dacă e dezgustat.

Erau etapele obișnuite ale dezvăluirii în fața cuiva nou: casa, corpul, cu toate imperfecțiunile lui, sufletul, cu toate valurile prin care trece, cu imposibilitatea revelării lui totale, nici până la finalul finalului. Nu neapărat în această ordine.

Uitam tot timpul că așa cum măsor la mine trebuie să măsor și la celălalt. Dar porneam mereu dintr-o mare inegalitate, eu mă detestam pentru defectele mele, ale casei mele, ale vieții mele, pe când celuilalt îi toleram tot. Și singura mea șansă în relație era să simt că el mă place, ca să încep să mă plac și eu.

Dacă a avut vreo părere despre garsonieră, și-a ținut-o pentru el. N-a schițat nimic. Aveam să descopăr foarte curând că era un tip extrem de diplomat. Nu spunea lucruri nepotrivite, nu-și mișca mușchii feței în tipare nepotrivite.

M-am dus la baie și m-am spălat rapid, m-am întors mirosind a săpun. Momentele zilei în care miroseam a săpun dădeau calitate vieții mele.

A început să mă sărute din nou și a zăbovit un pic cu nasul la baza gâtului, unde începe umărul. După aia a ridicat capul, m-a privit și a scos din buzunar o cutiuță pentru bijuterii. Îmi luase o pereche de cercei cu pietre verzi, nu știu ce pietre și nici din ce erau cerceii, dar păreau scumpi.

— Îți place verdele, nu?

Da, îmi plăcea. Dar el cum de-și dăduse seama? Când ne-am întâlnit în avion, eram îmbrăcată cu o bluză verde, care era, întâmplător, aceeași din poza de profil de pe Facebook și Instagram.

M-am gândit atunci că a făcut el această legătură, pentru că e foarte inteligent. Îi atribuiam tot felul de calități, i le umflam până la soare. Dar probabil că în lungile noastre conversații îi spusesem eu însămi de câteva ori că-mi place culoarea verde.

Beția aceasta de început e întotdeauna necesară, pentru că în puține cazuri din multe chiar devine o bază pe care se construiesc vieți împreună. Altfel nu se pot închide ochii, nu se pot depăși bariere.

În ziua aia când ne-am culcat împreună prima dată, am simțit pentru el tot ce se poate simți pentru un om, de la plus la minus, și cât nu credeam că poate încăpea într-o inimă. Sau într-un creier, mai bine zis, ca să nu fiu chiar siropoasă. Se întâmpla la o lună și ceva după ce vorbiserăm prima dată și cred că intraserăm amândoi acolo cu pieptul un pic prea umflat de emoție. De așteptare. Iar el, cu siguranță, avea ceva de demonstrat.

Am fost șocată de cât a fost de dur. Și că părea mândru de asta.

În timp ce se întâmpla, am vrut să se termine, când s-a terminat, am vrut să plece, iar când a plecat, am rămas cu toată fața în pernă, sperând că, dacă nu mai am aer și se blochează totul în interiorul meu, o să mă calmez. După aia m-am dat jos din pat și am luat două pastile de Nurofen, atât de tare m-a durut.

Am pus-o pe seama faptului că se întâmpla după o pauză lungă.

A doua zi era sâmbătă și, dimineață, pe la nouă sau zece, m-am trezit cu el la ușă. Nu știu cum a intrat în bloc, că n-a sunat la interfon. Când m-am uitat pe vizor și am văzut că e el, am încremenit o clipă. Încă nu mă dezmeticisem după ce se întâmplase cu o zi în urmă. Încă nu știam dacă vreau să-l mai văd.

Dar cum ar fi fost să-l resping după o partidă de amor pasional?

Aș fi fost penibilă.

Aș fi fost isterică.

I-am deschis ușa.

Avea un braț de narcise albe, vreo zece buchete, cred, luate din găleata cuiva de la colțul străzii.

Mi le-a dat și m-a pupat lung.

— I le-ai luat pe toate? am zis.

— Să nu mai stea în frig, a spus el.

Nu m-a lăsat să le pun în apă, a început să tragă de haine.

De data asta a fost scurt și curat și asta mi s-a părut aproape tandru.

Am rămas îmbrățișați. M-a sărutat pe ambii sâni.

— Care e preferatul tău? m-a întrebat.

Mi-a luat o secundă să procesez, apoi am izbucnit în râs.

— Ce tâmpenie, am zis.

M-a apucat clește de mandibulă, mi-a întors fața către el și m-a pupat.

— Îmi place când râzi.

S-a ridicat să se pregătească de plecare.

— Hai, zi-mi ce vinzi, i-am zis.

Încă nu-mi spusese mare lucru despre munca lui.

— Softuri pentru automatizare, a zis.

— Automatizarea cui?

— A proceselor.

Îi pierise cheful de vorbă. Dar am mai insistat un pic.

— Ce fel de procese?

S-a uitat la mine iritat.

— De orice fel.

Tatăl meu e ceea ce s-ar numi un bărbat romantic. Asta înseamnă că-i plac femeile. Toate femeile. Și are experiență. Știe „cum să ia“ o femeie. Însă romantismul lui exersat, inclusiv pe mama, pentru ea înseamnă o nesfârșită durere, surdă, dar mereu prezentă, pe care s-a chinuit uneori s-o împingă în fundal și să scoată în față o aparentă ignoranță.

Tata a umblat cu multe femei, dar de una s-a atașat în mod deosebit, cu toate că era, la rândul ei, căsătorită. Au fost amanți aproape douăzeci de ani. Numele ei a început să se audă în casa noastră, pe un ton ridicat, încă de când eram la liceu. Nu știu când a încetat să mai fie secretă această relație și nici când au încetat protestele mamei. Și nu știu dacă și femeia aceasta avea aceleași discuții în familia ei.

Aveau cunoștințe comune, mama o știa din vedere, dar nu mi-a spus c-ar fi vorbit cu ea vreodată. Tata măcar a avut decența să facă tot posibilul ca ele două să nu nimerească în același loc în același timp.

Relația asta a lui m-a pus mereu în încurcătură. Pentru că era, în secret, părintele meu preferat, dar îl detestam pentru ce făcea. Înțelegeam că iubește pe altcineva, dar nu înțelegeam de ce nu se desparte.

La început mi-am dorit s-o lase pe aia.

Apoi mi-am dorit să se despartă de mama.

Mama nici nu voia să audă de divorț, prefera situația așa. Am întrebat-o de multe ori de ce, vorbea în dodii de fiecare dată, într-o zi mi-a spus că sunt mai multe femei decât bărbați în lume și e concurență mare, trebuie să ții cu dinții de ce ai.

Am avut și o etapă justițiară în relația cu ei, voiam să găsesc o soluție ca lucrurile să fie corecte pentru toată lumea, să trăim toți cu mai puțină durere. Dar n-a fost chip. Plus că aveam propriile mele probleme de înțelegere a cuplului, așa că am renunțat.

Cred că am ajuns cumva la concluzia că lui tata i se cuvine viața pe care o duce. Că și-a câștigat dreptul de a avea două femei prin îndârjirea cu care a ținut și de căsnicie, și de relația paralelă. Evident că e greșit să numeri oamenii ca pe niște bunuri oarecare, dar mintea mea doar atât putea să cuprindă. El avea două femei. Avea. Punct.

De unde o fi avut energie pentru două nu știu. Poate că acreala de acasă era un indicator care-l ținea alert în relația cealaltă – știa care e alternativa, știa unde se poate ajunge.

Tata era cel cu care vorbeam întotdeauna despre partenerii mei. El a fost călăuza mea în toate eșecurile amoroase din prima tinerețe. Eram curioasă mai degrabă de ce-mi spune pentru că voiam să știu cum se vede situația dinspre bărbat, dar el era mereu de partea mea și se punea în locul meu și cred că avea o părere un pic prea bună despre mine, fiindcă-mi zicea mereu să-i las. Ceea ce nu prea se întâmpla, pentru că mă lăsau ei primii.

Era ciudat, pentru că el nu părea să creadă în despărțire. Sau nu la vârsta lui.

În fine, viața mea amoroasă era un film la care mă uitam împreună cu tata.

Aveam impresia că noi avem controlul, dar nu-l aveam, așa că așteptam curioși să vedem ce se mai întâmplă.

Simțeam și acum nevoia să-i povestesc despre Victor, dar tata era deprimat.

Amanta lui murise de puțin timp, după o luptă lungă cu boala. În ultimele săptămâni de viață, cât a fost în spital, conectată la aparate și rareori conștientă, el a fost cel care o vizita cel mai des, și nu familia ei.

A fost un eveniment care ne-a marcat pe toți trei, pentru că femeia aceea făcea parte din viața noastră.

— Îmi plac sânii cum îmi plac florile, mi-a zis Victor într-o zi.

Adică toți sânii de la toate femeile, adică toate femeile. Adică tata.

Poate că pe el în sfârșit l-am fi descifrat împreună, fiindcă semăna mult cu tata.

În capul meu.

Știu cum sună asta, sună a carte de psihologie, dar a fost primul și singurul, de fapt, despre care am simțit asta. Și mi i-am dorit și pe cei dinaintea lui, uneori cu disperare, alteori cu resemnare, dar de dorit mi i-am dorit.

Înainte de Victor mai avusesem trei relații, două scurte, sub un an, și alta ceva mai lungă, de vreo trei ani. Plus multe alte flirturi și tatonări, trecusem prin toate frământările tinereții, din care n-a ieșit nimic de calitate, doar o mare oboseală emoțională.

Evident că amintirile pot fi recuperate din mormanele de moloz ale memoriei, recondiționate, cosmetizate, e dreptul tău să ți le recompui și să așterni în urma ta cărări luminoase, e dreptul tău să-ți inventezi unele noi, să te gândești la lucruri în așa fel încât să le faci să se fi întâmplat în trecutul tău, dar eu nu aveam disponibilitate pentru așa ceva.

La ora aia n-aveam unde să mai cunosc oameni noi, în turma de la birou – cât era de mare, pe patru etaje – erau slabe șanse să apară cineva interesant, plus că relațiile înfiripate la locul de muncă deveneau imediat telenovele urmărite de toată lumea.

Nici nu mai ieșeam prea mult și, când ieșeam, nu aveam radar pentru bărbați, intrasem într-un fel de văgăună sufletească din care nu putea să mă scoată decât cineva ca Victor, care a intrat în viața mea așa cum a intrat, hotărât și insistent, cu o perseverență pe care i-am admirat-o până la final și care devenea evidentă în momentele mele de ezitare, după absențele lui misterioase de zile și chiar săptămâni în șir, când era plecat în deplasările de serviciu.

Poate că și dorința lui era fluctuantă sau poate comportamentul acesta nici măcar nu venea din dorință, ci era pur și simplu o metodă perfecționată în timp, pe care o folosea de câte ori dorea să obțină pe cineva.

La urma urmei, nu observasem singură că nu e o strategie tocmai bună să fii mereu disponibilă, așa cum eram eu?

Tata era de părere că un bărbat care a avut – *a avut* – multe femei e un bărbat cu discernământ. Trebuia să ai încredere în alegerea lui când te alegea pe tine. Cu condiția ca statutul tău de femeie specială, aleasa aleselor, să dureze, desigur.

Mama, de partea cealaltă, trăia cu convingerea ei că pe lume există de două ori mai multe femei decât bărbați și că între acestea se dă o bătălie aprigă de a înhăța și/sau de a păstra un partener, oricare.

Pentru niciunul dintre ei singurătatea nu era o opțiune, ar fi fost rușine, moarte socială, sfârșit și cenușă. Ceva greșit în mod inexplicabil, cum ar fi incinerarea, chiar dacă nu ești credincios.

Ce puteam să fac pentru părinții mei în situația asta care îi scufundase în tăcere și tristețe? Erau de-o vârstă, și femeia cealaltă cam tot așa, și era pentru prima dată când le murea cineva apropiat, din generația lor. Poate că semnalul acesta o întrista pe mama, pentru că altfel îmi imaginez, cu tot cinismul, că ar fi trebuit să răsufle ușurată că a scăpat de un ghimpe. Acum tata era în sfârșit numai al ei. O povară pe care n-o mai împărțea cu nimeni.

— De ce nu ne vedem la tine? l-am întrebat într-o zi pe Victor.

Până atunci ne întâlniserăm numai la mine, unde nu stătea niciodată prea mult, părea mereu că vine cu treabă și pleacă de îndată ce a rezolvat.

— Pentru că eu stau în Corbeanca, a zis el, și e departe.

— Deci treci pe la mine când ești întâmplător prin oraș...

— Nu, doar că nu vreau să te pun pe drumuri.

— Vreau și eu să văd unde stai.

— De ce?

— Cum adică de ce?

— Ce contează unde stau?

— Păi, contează, că ești tu. Adică unde stai ești tu.

— Bine... Vedem. Vorbim, a zis el și m-a strâns în brațe atât de tare, că mi-a trosnit un os la spate.

— Aaau, am zis și m-am eliberat din strânsoare. Nu mă mai strânge și tu așa tare, că mă sperii.

A început să râdă.

— Asta e de bine, nu?

Oricât ar fi fost de respectabil în viața profesională – era un cardiolog de încredere –, când venea vorba de viața de familie, tata avea și el ideile lui năstrușnice. Uneori incredibil de naiv, încât îmi era milă de neputința lui ca de un pui de vrabie căzut din cuib, alteori egoist și imposibil de opac. Mi-a spus de mai multe ori de-a lungul vieții că relația lui cu femeia cealaltă nu are nicio legătură cu căsnicia cu mama. Că ce se petrece între el și iubita lui e strict între ei doi.

Femeia cealaltă avea și ea doi copii.

Uneori mă gândeam că ar fi fost mai onestă o minciună de douăzeci de ani decât cinismul cu care ne prefăceam cu toții că acceptăm situația.

Tata păstra atențiile primite de la pacienți în fosta mea cameră, acum reamenajată. Multe icoane și câteva sticle cu băuturi fine. Icoanele le ținea în teancuri, ca pe dosare, într-un dulap închis.

M-am dus la ei într-o zi și l-am găsit în această cameră, cu icoanele întinse pe jos. Stătea în picioare, cu mâinile în șolduri, și se uita la ele.

— Dacă-ți place vreuna, ia și tu, mi-a zis.

Eu nu sunt credincioasă și nu-mi plac icoanele, dar, dacă aș fi medic și aș primi de la un pacient o icoană, aș fi extrem de tulburată. O încărcătură simbolică mai mare de atât cred că nu există, presupunând că omul acela crede cu adevărat în Dumnezeu. Îți declară astfel câtă speranță își pune în tine. Aș fi copleșită în multe feluri. Emoționată.

În fine, cel puțin la început, cât încă nu ești obișnuită.

M-am uitat cu atenție la ele și mi-am ales una cu Fecioara Maria cu pruncul, pe lemn, mare cam cât un laptop.

— Mai știi de la cine sunt?

— Unele, a zis el.

S-a uitat la icoana pe care o alesesem.

— Cică de fapt pe 15 august nu e ziua ta, că e Adormirea. Ziua ta e doar în septembrie.

— Bine, am zis.

Mă cheamă Maria.

Cred că de-asta am ales-o pe Fecioară. Plus că e o mamă cu un copil în brațe, iar asta e o imagine universală a iubirii, a iubirii materne, cea mai autentică dintre iubiri, toate celelalte forme fiind imitații palide ale ei.

Autentică pentru că e programată chimic.

Primisem urări de ziua numelui și-n august, și-n septembrie de când mă știam, un pic jenată de atâtea sărbători.

— Dar tu de când știi din astea cu Adormirea? l-am întrebat pe tata.

— Mi-a zis cineva la biserică.

— Serios? am sărit.

Îmi venea să râd, el la biserică? Dar n-am râs, era sobru și trist și am tăcut.

— Ce faci cu ele?

— Vreau să le pun pe pereți, a zis.

— Sunt cam multe.

— Da. Dar doar în camera asta le pun.

— O să fie de jur împrejur.

— Da, așa o să fie.

— Ca la Judecata de Apoi, am zis și de data asta a zâmbit și el.

M-am așezat pe fotoliu.

— Tata, mă văd cu cineva de vreo trei luni. Ne înțelegem bine.

— Bravo, a zis, rămânând în aceeași poziție, cu mâinile în șolduri, cercetând icoanele. Te simți ocrotită de el?

— Nu știu exact. Dar am încredere că poate să rezolve orice. Are așa o forță...

Apoi am avut o ezitare. Ce-o să răspundă la următoarea replică? Ce-o să mă îndemne să fac?

— Îl suspectez că e însurat, am spus.

— Tu trebuie să fii la adăpost, a zis tata.

— Da, dar, dacă ar fi însurat, cum ar fi relația asta un adăpost pentru mine?

A inspirat adânc.

— Cum de nu știi după atâta timp?

— Păi, bănuiesc că cine e însurat și vrea să te agațe nu începe cu asta, nu?

— Trebuie să-l confrunți.

— Da, trebuie, am zis.

O lungisem prea mult. Dar îmi era teamă de ce-aș putea să descopăr și-mi era și mai teamă că, dacă ar fi însurat, n-aș putea să renunț la el.

— Cum e posibil să nu știi după atâta timp, măi copile? a zis tata dezamăgit, dar nu avea voie să fie dezamăgit de nimic în povestea asta a mea, nu cu istoricul lui, n-aveam să-i dau voie.

— E plecat mult timp cu lucrul, am spus.

— E clar.

— Tata... dar dacă ar fi... Ce-ar trebui să fac?

— Nu știu, scumpo. Chiar nu știu.

Acela a fost, în sfârșit, primul weekend întreg pe care l-am petrecut cu Victor. A venit de vineri după-amiază și m-a luat cu mașina la Corbeanca. A parcat în fața unei curți enorme în care se aflau două vile identice, despărțite de un gard mic de lemn. Grădinile erau, de asemenea, identice și erau pline de plante, se vedea acolo munca unui grădinar angajat.

M-a condus către casa din dreapta.

Era amenajată frumos, dar mi s-a părut mare și goală.

La parter era livingul generos, cu o bucătărie deschisă și un perete de sticlă, cu ușă glisantă, care dădea spre grădina din spate, ce se pierdea imediat în niște arbuști. Jos mai era o cameră care ar fi putut fi un spațiu de lucru, iar sus, la etaj, dormitoarele.

S-a trântit pe canapea și mi-a făcut semn să mă așez alături, așa că m-am dus și m-am lipit de el. A scos din buzunar un toc de piele, în care se afla un stilou, și mi l-a dat.

Am pufnit ciudat, pentru că n-am vrut să pufnesc, dar mi-a ieșit un zgomot straniu din gât și am făcut ca un porc.

— Mi-ai luat penar? l-am întrebat.

Aveam cerceii verzi la urechi, plus un lănțișor și un ceas pe care mi le dăruise tot el între timp, dar eu de obicei nu purtam atâtea bijuterii.

— Ți-am luat stilou, a spus el. Mi-a plăcut cum arată. Nu că-i mișto?

— Dar cine scrie cu stiloul?

— Maria scrie cu stiloul.

I-am scos capacul și l-am ținut cu penița în jos.

— Curge? am întrebat.

— Nu cred, a zis el amuzat.

În urmă cu vreo săptămână fusese cu mine la piscină, să-mi reînnoiesc abonamentul pentru încă un an și a insistat să plătească el. De câte ori ieșeam, plătea el. M-a însoțit odată la supermarket și a plătit el, deși luasem doar câteva lucruri.

Poate asta înseamnă să fii ocrotit, m-am gândit.

— Victor, vreau să te rog ceva.

— Zi.

— Să nu-mi mai iei cadouri.

— De ce?

— Nu mai da banii pe femei.

Asta nu știu cât de amuzant a mai sunat. Mă temeam ca la un moment dat să nu încep să mă sabotez, să mă sufoc în propriile suspiciuni și să-l sufoc și pe el.

— De ce vorbești la plural? a întrebat mirat.

N-am mai zis nimic o vreme, doar am stat acolo, lipită de el.

— E suficient cât mi-ai luat, nu-mi trebuie nimic. Și vezi că pe 15 august nu e ziua mea de nume, ca să știi.

Îmi înghețaseră mâinile, așa că el mi le-a luat și mi le-a băgat pe sub bluză și le-a lipit de burta lui caldă, iar mie mi s-a făcut și mai frig pe șira spinării imaginându-mi niște mâini reci pe burta mea.

— Îți place aici? m-a întrebat.

— Da. Pare foarte nou.

— Chiar este, m-am mutat acum doi ani. Și până anul trecut în decembrie nici n-a fost mobilă mai deloc, am dormit pe canapea, aici.

— Și înainte să te muți aici unde stăteai?

A ezitat o clipă.

— Cu fosta mea prietenă.

M-am agățat de gâtul lui și l-am pupat și i-am zis:

— Ce mă bucur că nu ești însurat!

Mi-am dat seama imediat cât de stupid sunase, nu știu cum de mi-a ieșit pe gură. Dar măcar era o afirmație onestă.

El a început să râdă.

— Nu ești însurat, nu? am întrebat, nedumerită de râsul lui.

Acum hohotea de-a dreptul.

— Măi, tu chiar ești un iepuraș speriat, nu-i așa? a zis și m-a cuprins cu brațele.

Murea de dragul meu. De cât de naivă sunt.

Mi-a ridicat bluza și eu m-am chircit imediat.

— Mi-e frig, lasă-mă.

— Hai că mă ocup eu, a spus.

Da, eram un iepure speriat, dar cine nu e, până la urmă? Speriat de tăceri, trădări, dezamăgiri, de neputința de a merge mai departe după momentele de criză și câte și mai câte. Însă eu cel mai mult eram îngrijorată să nu fi făcut, pentru a câta oară, alegerea greșită. Pentru că asta-mi rămăsese din fostele mele relații (aici includ și tatonările, pentru că investisem emoțional și în acelea) – vina mea și numai a mea că nu alesesem corect. Nimic altceva nu fusese în neregulă, în capul meu, după trecerea anilor, în afară de nepriceperea mea la oameni. Ca atunci când te duci la piață să-ți iei un pepene și habar n-ai pe care să-l iei și abia după ce l-ai târât acasă și ți-ai rupt oasele cu el și ți-ai tăiat mâinile când l-ai desfăcut descoperi că era clocit.

Cât am fost mică, în familia noastră tata era expertul absolut în alegerea pepenilor, numai el îi cumpăra. Știa să examineze vrejul, să apese la capete să nu fie moale, știa să bată cu degetul în ei și să descifreze cum sună și de cele mai multe ori îi nimerea, chiar erau de zahăr, cum spunea el. Dar apoi s-au schimbat pepenii, acum sunt toți mutanți, și ăia de la magazin, și ăia de pe marginea drumului, și nu se mai pricepe nimeni la ei. Dacă nu poți să te pricepi la pepeni, cum poți să te pricepi la oameni?

În weekendul ăla cu Victor am fost extrem de fericită. Știam că nu e o fotografie și n-o să încremenim așa, dar am reușit să-mi pozez momentul ăla. Și mai am câteva cadre din astea de fericire frenetică din povestea noastră. Tot în anul acela, mai târziu, în toamnă, am ieșit împreună la o cafea undeva în Piața Kogălniceanu și după aia el a stat cu mine în stație să aștept troleul. Țin minte că am stat mult și afară era frig. Eu eram înghețată toată. Crucea vieții mele e răul pe care mi-l face frigul în orice anotimp. Eram îmbrăcată bine, cu un palton negru și un pulover, dar chiar și așa tremuram. El avea o geacă de piele peste un tricou și era descheiat la ea. Corpul lui era uimitor de cald. Părea amuzat de suferința mea. M-a ținut lipită de el, ca să mă încălzesc. Fruntea mea îi venea exact în dreptul gurii și m-a pupat lung de mai multe ori pe frunte, într-un gest din ăla care nu se știe unde a început, pentru că a fost intuit și consfințit de amândoi. Era mai lat decât mine, mai solid, de neclintit, în permanență cald, o sursă de energie și un scut perfect, care ar fi putut să mă apere de orice, dacă asta și-ar fi dorit.

Mi-am dat seama atunci cât de mult îl iubesc și că nu mai iubisem pe nimeni până la el.

Credeam că această căldură cu care putea să mă înfășoare din când în când era de ajuns ca să trecem peste toate, să păstrăm ce aveam. Dar senzația asta a mea de atunci n-a însemnat decât un singur lucru – că mă mulțumeam cu incredibil de puțin.

A apărut și troleul, un hârb mirositor din care a ieșit o căldură bolnăvicioasă când s-au deschis ușile. Am urcat și Victor a rămas, galant, și s-a uitat după mine chiar și după ce a plecat mașina. Nu mi-am dat seama nici atunci, nici după aceea vreodată dacă mă respecta sau mă disprețuia pentru dorința asta a mea de a folosi transportul public, care nu era decât una din puținele încercări de a mă simți, la ora aia, independentă de el.

În prima dimineață din casa lui de la Corbeanca, pe la ora nouă, eram încă în pat, numai eu, trezită doar pe jumătate. Am auzit cum s-a deschis ușa de la intrare cu cheia, apoi pași, apoi o voce de femeie a strigat:

— Domnu' Victoor! Am venit.

— Neața! a strigat el din capul scării.

A intrat în dormitor și a tras pătura de pe mine.

— A venit menajera. Tre' s-o întindem, și așa nu am nimic de mâncare. Știu o cafenea mișto.

Când am coborât, menajera luase deja în stăpânire parterul, obiectele ei erau peste tot. Era o femeie tânără, măruntică și foarte iute și se vedea că lucrează eficient, dar asta în parte și datorită faptului că încăperile nu erau sufocate de lucruri.

Pe canapeaua din living, pe care mă hârjonisem cu Victor cu o seară înainte, stăteau încremeniți doi copii, unul lângă altul, un băiat și o fată de vreo patru și cinci ani. N-aveau în mână nicio jucărie, nicio carte, nici vreun dispozitiv electronic, dar nu păreau sedați, ci dimpotrivă, alerți, ascultând cu groază de o poruncă anume.

Ne-am salutat, dar nu s-a prezentat nimeni și nici Victor n-a făcut prezentările.

Menajera era prima persoană din viața lui pe care o vedeam, fiindcă până acum ieșiserăm doar noi doi și nu-mi pomenise de prieteni, doar vag de câțiva colegi, cu care nu părea să fie în relații prea cordiale. Mi-a dat de înțeles că lucrează cu firme mari, iar contractele sunt consistente și negocierile durează uneori ani de zile și totul e confidențial. Eu n-aș fi cerut detalii din contracte, oricum nu le-aș fi înțeles, dar faptul că nu-mi povestea absolut nimic de la birou, de parcă ar fi fost sub un jurământ al tăcerii, îmi dădea sentimentul că o întreagă bucată din viața lui lipsește. Mi-a mai spus că are un frate, despre care am dedus că e undeva prin București, dar nu mi-am dat seama dacă sunt sau nu apropiați.

Eram în stare să discutăm ore în șir despre o știre sau un film sau vreo persoană de pe Facebook și ne înțelegeam argumentele chiar și atunci când eram în dezacord, iar mie asta îmi dădea sentimentul că aveam o comunicare perfectă, intuitivă, ne puteam completa frazele, știam exact când tăcerile sunt amuzante sau apăsătoare, aveam o chimie intelectuală fantastică. Dar, gândindu-mă mai bine acum, nu mai sunt sigură că era așa. Că asta înseamnă comunicare perfectă, adică. Pentru mine acum comunicarea perfectă ar fi dacă amândoi ar fi gata să pună totul la comun. Să spună tot ce se întâmplă în viața lor. Nu să-și pună sub lupă emoțiile și sentimentele, uneori nici nu sunt cuvinte pentru toate astea, sau cuvintele, alese prost, pot face rău. Ci să-și povestească întâmplările.

Nu știu ce anume necesită mai mult efort – să dai tot din tine sau să ții ascuns în tine, dar pentru fiecare dintre astea e nevoie de o anumită abilitate.

Trebuie să fii abil ca să ții secrete.

Și nu e o calitate pe care mi-o doresc la persoana de lângă mine.

Eu o luam de la capăt în această nouă relație și puneam din nou totul la comun, o luam de la început, cu poveștile despre mine și familia mea, care povești evident se schimbau de la o relație la alta. Fiecare dintre foștii mei parteneri le-au auzit în altă formă. Pentru că ele, poveștile, s-au schimbat și pentru mine. Și s-au schimbat și ei, oamenii din familia mea și din jurul meu. Poate că în prima tinerețe sunt interesante începuturile, sunt explozii de energie, îndrăgostirea e un drog și ai nevoie de el, ai face orice ca să ți-l procuri. Dar începeam să simt că parcă nu mai vreau doar un început și să mă tem de acest sentiment, că de data asta vreau ceva care să dureze. Poate era vârsta sau poate erau Victor și noutatea pe care o aducea în viața mea, sentimentul intermitent de siguranță pe care mi-l oferea cumva, senzația că suntem făcuți din același aluat, deși e posibil ca și asta să fi fost forțată de mintea mea, mult prea conștientă de vârstă. Ceea ce e straniu, pentru că nu voiam neapărat copii.

Mama mă făcuse la douăzeci și cinci de ani, dar bunica mea fusese ultima dintr-un șir de unsprezece copii, din care au supraviețuit cinci, și fusese născută de mama ei la patruzeci și trei de ani. După această ultimă naștere, care a avut loc acasă, fără niciun ajutor în afară de copiii mai mari, străbunica a continuat să trăiască încă o dată pe atât. Așadar, în familia mea existau mai multe borne legate de maternitate, orice vârstă între douăzeci și cinci și patruzeci și trei era bună, după cum orice moment între aceste vârste ar fi putut fi momentul critic. Puteam oricând să mă gândesc că am trecut de douăzeci și cinci, după cum puteam să mă gândesc și că mai am până la patruzeci și trei.

Când ești femeie, îți trece timpul chiar dacă nu vrei copii. Perioada fertilă a vieții tale te modelează într-un fel pervers. Și știu că nimic nu-l dezgustă mai tare pe un bărbat decât o femeie care-l forțează să se așeze.

În niciun caz n-am încercat să fac asta cu Victor. Am vrut să-l las pe el să deschidă orice discuție despre viitor, dacă o să vrea, dar n-a vrut sau n-am apucat noi să ajungem la ea.

Tatăl meu mi-a spus întotdeauna că nu trebuie să depind de nimeni. Să fac tot posibilul să-mi aranjez viața astfel încât să fiu independentă. Sunt convinsă că mi-a spus-o cu cele mai bune intenții, deși tot de la el am auzit ce sfat primise, la rândul lui, de pe la un alt înțelept din familie, și anume să nu te însori decât atunci când ești sigur că ea nu-și va permite să stea decât cu tine.

Era ciudat ce idei avea tata despre femei în general și cum trecea cu vederea faptul că singura lui odraslă e femeie. Cred că ar fi înnebunit de nervi dacă ar fi auzit că un altul se folosește de mine, ceea ce el făcea fără probleme cu femeile și cu siguranță și-ar fi îndemnat și fiul să facă.

Când vorbea despre independență, se referea la cea financiară, dar despre independență emoțională n-am vorbit niciodată, despre luciditate în relații și despre compromis. Vedeam independența emoțională nu ca pe indiferență sau detașare sau răceală, ci ca pe abilitatea de a te desprinde și a ști să te vindeci, dar asta era și este în continuare în sfera idealului.

Poate că e cinic ce spun, dar pe tata l-am prețuit și l-am iubit – da, și iubirea a fost contaminată de asta – în primul rând datorită meseriei lui. Dacă ar fi fost altceva, și nu medic, mi-ar fi fost mai greu să-i port respectul care e necesar pentru atașament. În copilărie am vrut să fiu ca el, până într-o zi când n-am mai vrut să fiu ca el.

Avusesem încă de mică tot felul de jucării care imitau ustensile medicale. Țin minte și acum primul stetoscop, albastru, pe jumătate adevărat și pe jumătate de jucărie, și membrana aceea foarte fină pe care o lipeai de inimă și chiar auzeai inima, ca un animal mic, pitit sub o buturugă. Și surpriza mea când am făcut asta pentru prima oară, evident, cu tata, când i-am pus stetoscopul acela pe piept și am tresărit auzind cum bate inima. Același tip de surpriză l-am avut și mai târziu, la școală, când am văzut sub microscop cum pulsează de viață foița de ceapă.

Am avut truse cu seringi, dar și seringi adevărate, în cutii metalice, pe care le preferam când îmi tratam păpușile. N-aveam voie să umblu la ele, dar umblam, desigur, și îmi injectam păpușile cu apă, pe toate, indiferent de materialul din care erau făcute – pluș, cauciuc sau plastic tare. Se întâmpla un lucru misterios, și anume că apa nu curgea din ele niciodată, nu se înmuiau și nu putrezeau, ca și când corpul lor ar fi asimilat de-adevăratelea injecțiile mele.

Primul EKG l-am făcut în cabinet la tata, pe la unsprezece sau doisprezece ani, fără vreo îngrijorare de ordin medical, cu toate că asistenta m-a tratat cu cea mai mare seriozitate. Îmi plăcea să mă uit cum tremură acele pe hârtia milimetrică după cum bate inima. Era ca și cum aparatul acela m-ar fi transcris pe mine pe hârtie.

În școala generală mi-a plăcut chimia din start, dar în liceu am pierdut imediat legătura cu ce se întâmpla la clasă. Aveam o profesoară între două vârste, care trăia cu o spaimă permanentă de control de la inspectorat și preocuparea ei principală era ca noi să copiem în caiet ceea ce se scrie pe tablă. Dorea să fie acoperită în caz că apare din senin în clasă vreo comisie care ne ia la verificat caietele. Am intrat în panică atunci, nu știam ce se întâmplă de nu mai pricep nimic, cum de se făcuse totul atât de opac, dar tata a rezolvat-o imediat, mi-a găsit o meditatoare. Doamna Covaci era profesoară la un alt liceu. Era o femeie cu o înfățișare banală, făcută și mai banală de hainele de casă în care mă primea și de apartamentul sordid, niciodată renovat, în care locuia împreună cu mama ei. În timp ce ea dădea meditații, bătrâna stătea neclintită în bucătărie, poate că citea pe un taburet incomod sau cine știe ce făcea, că nu se auzea niciun zgomot, dar știam de la doamna Covaci că ea e acolo. Însă, pe cât de ștearsă părea la prima vedere, profa era o femeie incredibil de inteligentă, de caldă și de deschisă, când începea să vorbească, se transforma complet, iar încăperea se umplea de lumină. Era plină de surprize, am lucrat cu ea în toți cei patru ani de liceu și n-a încetat niciodată să mă uimească. Era la curent cu tot ce se întâmpla în domeniul ei, de parcă ar fi fost o cercetătoare medaliată, dar nu doar domeniul ei o interesa, ci lumea întreagă. Avea păreri și multe ironii despre aproape orice.

Doamna Covaci e singura persoană pe care îmi pare rău că am dezamăgit-o.

Am aflat recent că a încetat din viață, dar nu știu detalii, am întrerupt legătura cu ea la scurt timp după terminarea liceului.

Eram atât de bună la chimie, încât am fost la olimpiada națională în fiecare dintre cei patru ani de liceu și m-am întors mereu cu premiu sau mențiune. A fost vârsta de maximă competitivitate pentru mine și ea s-a manifestat așa, în bătălii pentru note și rezultate la concursuri școlare. Și, pentru că eram într-un liceu care ținea mult la rezultatele la olimpiade, eram încurajați să participăm, aveam zile libere de pregătire pentru naționale și medii de zece la materii fără nicio legătură, cum ar fi geografia sau limba germană, în semn de recunoaștere pentru munca noastră din alte domenii.

Îmi amintesc plăcerea cu care făceam probleme din culegeri și cum simțeam recompensa atunci când le rezolvam, dar nu știu unde s-au dus toate astea și când mi-am pierdut capacitatea și de fapt interesul de a rezolva orice.

Cum am ajuns să-mi repugne competiția de orice fel și stresul pe care-l presupune obținerea a orice pe această lume.

Acum îmi vine să râd când mă gândesc cum era posibil ca o notă mare să fie un motor atât de puternic la vârsta aia.

A fost de la sine înțeles până aproape de finalul liceului că voi merge la Medicină. Din anii în care înțepam păpușile cu seringa și până în buza examenului nu mi-a trecut prin cap nimic altceva.

Pe tot parcursul liceului mi-a plăcut în secret de un băiat pe nume Dragoș. Era cu un an mai mare decât noi. În clasa a noua, în primul trimestru de școală, s-a întâmplat ca una dintre orele noastre de sport să se suprapună, așa că o dată pe săptămână eram la grămadă, două clase și doi profesori, împărțind sala sau curtea liceului.

Era ceva cuceritor în felul lui șmecher de a fi, în lejeritatea cu care trata lucrurile, cum era deasupra tuturor. Îl observam de la distanță în acea oră de sport cum îi tachina pe toți, dar fără să sară calul niciodată, cum păreau topiți după el colegii lui. În plus, era bun la fizică, mergea și el la olimpiadele naționale, profesorii noștri ne țineau la curent cu rezultatele elevilor buni. În anii mai mari, Dragoș a devenit prieten cu câțiva băieți din clasa mea, ba chiar a fost combinat o perioadă scurtă cu o colegă.

Uneori, când o apuca de mijloc, îi ridica un pic bluza, astfel încât s-o atingă pe piele, și mergeau așa prin liceu, iar mie asta mi se părea o îndrăzneală fantastică din partea lui și ea mi se părea curajoasă că acceptă.

La începutul clasei a douăspea a dispărut, fiindcă plecase la facultate, dar am aflat imediat că intrase la Medicină Militară. Țin minte ziua în care l-am revăzut în curtea liceului, cândva după vacanța de iarnă, pentru că pe jos era zăpadă murdară. Pe vremea aceea nu erau gardieni la poartă, putea intra ușor oricine. Și Dragoș a apărut acolo la sfârșitul orelor, într-un loc din spatele sălii de sport, unde se fuma. Colegul meu Răzvan, împreună cu care ieșisem din clasă, l-a văzut și i-a făcut cu mâna, apoi mi-a zis „hai să vedem ce mai face Dragoș“, de parcă aș fi fost și eu în gașca lor dintotdeauna. Și m-am dus.

Era frig și pe jos, în zăpadă, erau scuipați înghețați și chiștoace. Dragoș fuma și el și tremura în uniforma militară cu care venise îmbrăcat și peste care nu-și pusese niciun palton. Probabil că venise special ca s-o etaleze. Era un pic prea mare și stătea pe el ca pe un cuier, mai ales că nu era tocmai atletic. Dar mie mi s-a părut atunci că i se potrivește. Sub chipiu se vedea la spate părul ras, șaten-deschis, aproape blond, pe care tot timpul liceului îl purtase un pic lunguț. În ciuda frigului, povestea însuflețit și râdea și, când am ajuns și eu și Răzvan, ne-am salutat cu toții și Dragoș m-a privit lung cu ochii lui verzi și mi-a zâmbit de parcă mă recunoștea.

În toți acei ani de liceu nu vorbisem niciodată cu el.

Povestea ce se întâmplă la cursuri, de parcă facultatea ar fi fost cel mai distractiv loc, avea tot felul de poante despre profesori și despre colegi veniți de peste tot din țară și, cu toate că păstra tonul adolescentului teribilist care fusese, era clar că facultatea e o lume complet nouă și foarte diferită și el ajunsese deja acolo.

Fără să schimb o vorbă cu nimeni, ascultam și zâmbeam și încuviințam alături de ceilalți că e mișto să fii student și mai ales acolo unde era el. Era prima dată când îl auzeam vorbind, spunând povești cu cap și coadă. Până atunci fuseseră doar frânturi de fraze și de dialoguri și informații din telefonul fără fir.

Și a început la un moment dat să povestească foarte amuzat de un laborator în care făceau disecții pe cadavre și la prima disecție o colegă a leșinat, iar profesorul le-a spus băieților s-o adune de pe jos și s-o ducă la fereastră și a descris în amănunt cum împreună cu un alt băiat au luat-o de subsuori, și nu era deloc ușoară, și au târât-o la geam și profesorul le-a spus că dacă mai are cineva de leșinat să leșine acum, repede, c-avem treabă. Fata aia intrase prima pe listă în anul lor, dar se vede treaba că era o proastă. Una dintre puținele fete din grupa lui.

A descris-o fizic, în amănunt, cu ciudă.

Am spus că mor de frig și mă duc, dar n-a remarcat nimeni că mă retrag.

Am plecat din locul acela împuțit din spatele sălii de sport cu o dezamăgire care m-a ținut câteva săptămâni.

La fel cum îmi plăcuse de Dragoș timp de aproape patru ani, fără să știu nimic despre el, tot așa eram decisă să mă duc la Medicină fără să mă fi gândit de fapt ce presupune asta și fără să fi avut vreun proces real prin care să-mi analizez opțiunile și să încerc să-mi văd viața dincolo de terminarea studiilor. Nu spun că o poveste despre o fată care leșină (și cu care am empatizat poate un pic prea mult) m-a făcut să mă răzgândesc, au fost multe atunci care s-au adunat. Relația paralelă a lui tata ieșise la iveală și intrasem într-o perioadă în care nu simțeam pentru el decât scârbă. Mă gândeam cu groază că umblă cu femei și-o îmbolnăvește pe mama, iar mama nu s-a despărțit și nici nu s-a îmbolnăvit.

Tata îmi tot spunea că trebuie să fiu independentă, erau niște generalități despre viață, probabil își făcea datoria de părinte, dar atunci, dintr-odată, am avut senzația că el este cel de care trebuie să fiu independentă și n-o să se întâmple asta dacă devin la rândul meu medic. Ar fi fost prea prezent apoi, prea implicat în viața mea, poate și-ar fi pus la bătaie cunoștințele și pilele ca să-mi găsească post, poate aș fi avut nevoie de el până la sfârșitul zilelor.

Știam pe dinafară manualul de anatomie de a unșpea, dar când am realizat că nu-l voi folosi la examen m-am simțit ușurată.

Am continuat pregătirea la chimie în anul ăla, am fost din nou la olimpiadă și am dat bacul la chimie, așa cum stabilisem de mult timp. Doamna Covaci a aflat că n-am dat la Medicină abia când m-a sunat cu sufletul la gură, în ziua când știa că se afișează rezultatele, ca să vadă cu cât am intrat, pentru că era sigură că intru.

Însă eu intrasem la o facultate cu nume lung și ambiguu, care conținea cuvântul „internațional" și care m-a atras pentru că studiile erau în limba engleză și pe atunci engleza era ceva ce părea a fi de viitor. Doamna Covaci m-a întrebat dacă asta e o glumă și eu am zis că nu și ea mi-a trântit telefonul. Nu mă așteptasem s-o ia în tragic, nu în modul ăsta. Nici propriii mei părinți n-o luaseră în tragic. Am vorbit separat cu ei și fiecare mi-a spus același lucru – că sunt mare și capabilă să iau o decizie pentru mine și că sunt singura care știe ce vreau. Probabil că erau prinși în certurile și problemele lor și nu mai aveau resurse să mă deturneze de la planul meu. Nu mi-au reproșat niciodată că au băgat bani în mine degeaba cu meditațiile. A fost o perioadă pe care în timp am ajuns s-o apreciez, niciodată după aceea nu m-am mai simțit competitivă, fusesem ca o gimnastă care dă tot ce are mai bun la 13 ani și apoi nu mai aude nimeni de ea. Mi se pare că doar în liceu am fost ambițioasă, motivată de note și ierarhii, și după aia n-am mai regăsit în mine niciodată spiritul acesta, ceea ce înseamnă că fusese indus. În facultate am fost în primii zece în anul I și am luat o bursă de studiu, dar apoi am alunecat în jos pe lista cu medii și din anul al II-lea am pierdut-o. Prin anul II sau III am avut o ezitare legată de alegerea mea, mi se părea cu totul stupid ce făceam la facultate, aveam în programă totul și nimic, câte puțin din multe domenii, dar nimic în care să ajungi specialist. M-am gândit atunci să renunț și să-mi reiau pregătirea pentru Medicină, dar asta ar fi însemnat să renunț la ceva concret pentru ceva ipotetic, ar mai fi trecut niște ani, aș fi absolvit mai târziu decât colegii mei, în fine, mi s-a părut complicat, plus că nu mai eram așa de sigură că voi intra de la prima încercare.

După admitere i-am mai trimis două mesaje doamnei Covaci, dar nu mi-a răspuns. În prima săptămână de școală m-am dus la liceul ei, m-am interesat când are ore și am așteptat-o să iasă. Voiam neapărat să vorbim, să nu rămână lucrurile așa, cu toate că nu știam ce explicație să-i dau. M-a văzut de la distanță și a traversat rapid pe partea cealaltă a străzii, prin loc nepermis, cu mașini venind din ambele sensuri către ea și claxonând. N-am înțeles de ce m-a respins într-un mod atât de violent, de ce a luat-o atât de personal. Nu credeam că era atât de atașată de mine, nu se putea să fie vorba de atașament. Știam foarte puține lucruri despre viața ei personală, un copil mort de mic, un soț înstrăinat și toată, absolut toată energia ei investită în cariera de profesoară de chimie la liceu. Poate că i-am stricat statistica, poate că și-ar fi dorit încă un elev în palmaresul ei care intră primul la Medicină, dar eram convinsă că lucra cu mulți alți elevi buni. Fusese plătită pentru munca ei, dar, pe cât de însuflețită era de rezultatele mele la concursurile școlare, pe atât de înverșunată a fost în vara aceea în a mă evita.

N-am înțeles niciodată de ce a fost atât de mare trădarea. Da, n-avusesem curaj să-i spun că nu dau admiterea, pentru că știam c-o să insiste și o să mă manipuleze să mă răzgândesc și că s-ar putea să fiu forțată să renunț la meditații, ceea ce nu voiam.

Am fost foarte, foarte atrasă în anii aceia de mintea ei și de forța pe care o arăta, de stăpânirea de sine, de faptul că părea că-și cunoaște foarte bine locul în lume. Nu voia pentru ea nici mai mult, dar nici mai puțin decât avea și părea că-și dorește totul pentru elevii pe care-i iubea.

Poate că n-am descifrat-o corect. Poate că n-am cunoscut-o suficient în afara orelor. Poate că era pur și simplu nebună. La urma urmei, era viața mea, nu a ei.

M-am mai gândit la ea în anii care au urmat, dar n-am mai contactat-o niciodată. La un moment dat, tata a aflat de la o fostă pacientă a lui, care era vecină de bloc cu profa, că murise, la mai puțin de un an după ce ieșise la pensie.

În anul IV de facultate m-am angajat și de atunci am schimbat câteva joburi, dar fără să am mai mult de două-trei săptămâni între ele. În prima zi de lucru am devenit brusc adult, țin minte clar sentimentul acela de prizonierat (pe care nu l-am pierdut de atunci nicio clipă) și gândul meu că ăsta e viitorul și așa o să fie de-acum.

Medicina a rămas un univers paralel în care eu aș fi făcut ceva pentru oameni.

Deși probabil că de cele mai multe ori, biologic, oamenii sunt un mister pentru medicii lor așa cum sufletește sunt un mister pentru cei care îi înconjoară.

Poate că n-aș fi fost bună să descifrez acest mister.

Poate că aș fi fost ca fata aia care ar fi avut o nevoie permanentă de a fi târâtă la fereastră, la aer.

Primul meu prieten a știut lucrurile astea în amănunt, dar, pe măsură ce mă îndepărtam de ele, povestea se contracta. Cu fiecare relație, o luam de la capăt și-mi povesteam viața, dar povesteam tot mai puțin din ce fusese în adolescență, astfel că la 34 de ani, când l-am cunoscut pe Victor, varianta care a ajuns la el a fost extrem de scurtă și de seacă. Ceva de genul „În liceu voiam să dau la Medicină. Eram bună la chimie".

La care el a râs, căci cine e bun la chimie?

Cât despre copilăria lui, Victor nu-mi povestea decât despre anii de dinainte de a merge la școală, pe care-i petrecuse la bunici, împreună cu fratele lui, într-un sat din Deltă.

Mă uimea câte detalii își amintea de la liturghie.

Într-o seară, într-una din lungile noastre discuții la telefon – pentru că el era din nou plecat cu serviciul –, s-a apucat din senin să-mi povestească cum a fost prima dată când s-a culcat cu o fată. Își amintea perfect rochia ei, textura materialului, cerceii și părul și cum cădeau toate peste fața lui, pentru că ea stătea deasupra. Povestea foarte frumos. Putea să facă o poveste din orice și personajele lui erau foarte vii. Țin minte că unul dintre primele complimente pe care i le-am făcut a fost că-l apreciez că-și termină toate frazele. A râs cu poftă. Părea că nu conștientizase până atunci această calitate a lui sau poate nu-i spusese nimeni că e o calitate. Dar un om de vânzări – dacă asta făcea cu adevărat – trebuia în primul rând să fie stăpân pe limbaj, pe ceea ce poate scoate din limbaj, fiindcă acesta era instrumentul pe care trebuia să-l manipuleze, pentru a manipula cu el mai departe oamenii. Deci probabil că venea din experiența profesională. Dar da, avea povești și mi-a vândut și mie destule, folosindu-le.

În seara aceea, când mi-a zis de experiența lui din adolescență cu fata respectivă, m-am temut că o să-mi ceară să-i spun și eu cum a fost pentru mine prima dată, dar n-a făcut-o. O fi fost o pauză acolo, pe care a așteptat s-o umplu, dar a avut decența de a trece mai departe când a simțit că nu sunt dornică să fac asta. Era un lucru pe care n-aș fi vrut să-l povestesc, fiindcă m-aș fi simțit datoare să înfloresc. În cazul meu se întâmplase mai târziu și senzația de după a fost că nu pierdusem mai nimic, dar treburile astea nu se spun. E genul de lucru pe care-l ții pentru tine. Dacă sexul nu e spectaculos, cineva are o problemă. În general femeia.

Trebuie să știi să-l ții pe bărbat lângă tine.

În lume sunt de două ori mai multe femei decât bărbați.

Prima parte a relației noastre, cel puțin până m-am mutat la el, a fost un carusel emoțional, pe un traseu pe care îmi părea că-l dictează el, prin absențele lui. Putea să fie incredibil de grijuliu și de afectuos într-o zi, pentru ca a doua zi să dispară complet și să nu mai știi de el o săptămână. Mesajele mele rămase fără răspuns cu zilele mă scoteau din minți. De fiecare dată îmi imaginam că s-a terminat, dar nu se termina.

În pat era la fel de tulbure. Erau momente tandre, în care era protector, și altele brutale, în care se împingea în mine cu ciudă, ca să mă pedepsească oare? Sau poate se chinuia să scoată din el ceva ce nu putea fi scos. Uneori adormea cu mâna pe gâtul meu, nu chiar încleștată, dar suficient de grea și de prezentă încât să simt o jenă în a respira. Mă străduiam să iau cu amuzament gestul ăsta pe care-l făcea uneori, deși posibilitatea de a fi sufocată, chiar și numai simbolic, era departe de a fi amuzantă.

Ceva în el stătea la pândă, stătea să țâșnească, dar sentimentul acesta a devenit mai pregnant în timp, atunci, la început, aveam o încredere oarbă în inteligența lui, dacă nu în altceva. Știam că se gândește de două ori înainte de a face orice.

Am despre mine senzația că am fost constantă în sentimentele față de el, dar, privit din afară, comportamentul meu, modelat de acțiunile lui, poate că revela o persoană la fel de fluctuantă. Totuși, cred că am fost mereu disponibilă, poate prea disponibilă și poate că de aici au început problemele noastre, din faptul că m-am lăsat prea mult pe mâna lui, după ani buni în care nu mi-am dorit decât să fiu independentă, fără să știu măcar ce înseamnă asta. Dacă însemna doar să nu iau bani de la tata ar fi fost simplu, dar era mai complicat de atât.

Când l-am cunoscut pe Victor, situația mea financiară era destul de precară. Eram pe linia de plutire, dar fără spațiu prea mare de manevră. La lucru stagnam de o bucată bună de timp, dar n-aveam niciun *drive* să urc în ierarhie acolo unde mă aflam. Nu voiam să mă urască colegii. Știam că, dacă aș deveni șefă peste o echipă oricât de mică, mare parte din munca mea ar fi apoi să-i supraveghez pe alții și nu voiam să fac asta în București, cu oamenii pe care-i știam. La Amsterdam ar fi fost diferit, aș fi pornit de la zero, cu oameni care m-ar fi cunoscut din start în postura de superior ierarhic, dar nu mi-a părut prea rău după jobul ăla.

Când am început să-i povestesc lui Victor despre șicanele pe care mi le făcea șefa mea, prima lui întrebare a fost dacă n-am niște poze să i-o arăt. I-am arătat contul ei de Instagram, plin de poze cu ea însăși, mici, înghesuite una într-alta, mergând înapoi până la minus infinit, la începutul universului. Victor a dat click pe vreo câteva și a zis:

— Buzele alea sunt ale ei?

Nu mă uitasem niciodată cu atenție la buzele ei, dar nici nu-mi săriseră în ochi, cred că erau niște buze absolut normale.

— Mută-te la mine, a zis el, sărind direct de la tema buzelor. Abia pot să-mi iau câine.

Și a început să râdă.

Am luat-o ca pe o glumă, dar, de câte ori mai pomeneam de întâmplări de la birou, încerca să mă convingă să demisionez și să mă mut la el până găsesc ceva convenabil.

Începuse să mă fure bunăstarea lui Victor. E uimitor cât de repede te obișnuiești cu toate, și cu răul, și cu binele, deși nu se întâmplă niciodată ca astea două să nu vină împreună. N-aș fi angajat niciodată menajeră pentru garsoniera mea, deranjul din casa omului are ceva intim și mi se pare intruziv să vină cineva, chiar și plătit, să aranjeze în urma ta, mai ales dacă ești singur. Dar la Victor menajera a fost din start parte din peisaj, venea de două ori pe săptămână, miercurea singură și sâmbăta cu cei doi copii care stăteau nemișcați pe canapea. La început am fost stânjenită, dar mi-a trecut repede. Mai ales că nu eram acasă când venea ea.

La fel cu mâncarea. În oraș plătea el, iar pentru acasă lua tot felul de cutiuțe din care mie mi se părea păcat să mănânc, pentru că fuseseră prea scumpe. Lua tot timpul prea mult și arunca, așa că în scurt timp m-am calibrat – risipa aceea ar fi fost făcută oricum.

Dar, atâta vreme cât țineam la el sincer, știam că nu sunt în pericol să-mi fie silă de mine că stau cu el pentru bani. Deși se forma și acolo o legătură perversă, greu de distins și greu de evitat. Dacă voiam să fiu cu el și să locuim împreună, era clar că eu eram cea care trebuia să mă mut la el.

Acasă, la părinți, nu mi-a lipsit niciodată nimic, dar nici n-a venit nimeni la curățenie vreodată. De treburile casei se ocupa mama, care era inginer horticol la o stațiune de cercetare de lângă București și asta a rămas până la finalul carierei. Era specialistă în pomi fructiferi. Părinții mei au avut amândoi norocul de a fi la adăpost de reconversia profesională, au avut profesiile pe care și le-au dorit, potrivite cu studiile lor, și nu au avut niciodată o nevoie – nici interioară, nici exterioară – de a se „reinventa". Mama făcea cumva să se descurce cu toate, și cu serviciul, și cu treburile casnice, dar îmi amintesc foarte puține momente de familie, în care noi trei să fi stat împreună și să facem ceva frumos sau să pierdem vremea. Ea era mereu prin bucătărie sau trebăluia prin casă și am ajuns să mă întreb, în timp, dacă nu cumva îi convenea să evite momentele cu mine și cu tata. El era cu gărzile lui, reale sau inventate, și-l vedeam pe acasă destul de puțin. Dar momentele magice de familie, atunci când erau, se întâmplau între mine și el. Am fost mai conectată cu el decât cu ea și poate că de asta am și reușit să-i iert sau să trec peste niște lucruri cu care în cazul ei aș fi fost probabil neîndurătoare.

Am fost de la doi ani și jumătate și până la șase ani la o grădiniță cu program prelungit, pe care o numeam „cămin". Era în anii '80 și a fost una dintre perioadele vieții care mi-au lăsat cele mai neplăcute amintiri – supa de gheare, cărora le spuneam „copănele" (da, dar colagen, poate că ar spune cineva azi, credeți-mă că nu), cănile sparte, compotul fără gust, paturile rabatabile în care eram forțați să dormim la prânz, ceea ce rareori reușeam să fac, așa că de obicei doar stăteam nemișcată, cu ochii închiși, murind de frică să nu fiu descoperită că nu dorm. Toată milităria aia. Și curtea grădiniței cu plăci de beton printre care creștea traista-ciobanului.

Mama era cea care mă ducea dimineața și mă lua după-amiaza, pe la ora patru. Rămâneam ultima, pe ceilalți îi luau părinții mai devreme. După ora patru mai eram doar eu și femeia de serviciu, care încuia după mine.

Femeia de serviciu era în vârstă și avea o față frumoasă, pe care o țin minte și acum perfect, pentru că în fiecare an ea era Moș Crăciun.

Bine, poate că mama nu m-a luat ultima în fiecare zi din cei patru ani, poate m-a luat ultima doar într-o singură zi și suferința mea a fost atât de mare atunci, încât s-a întins peste toată perioada, iar mintea mea a indexat amintirea asta ca fiind legată de ceva recurent. Nu mai știu și nici nu mai întreb. Cine știe ce-ar înțelege mama din asta.

În viața mea de adult au fost perioade în care mi-a fost ciudă pe părinți că n-au insistat în liceu să mă duc la Medicină. Habar n-am ce-aș fi făcut în locul lor. Probabil c-aș fi lăsat și eu copilul să facă ce vrea. S-or fi gândit că, în caz de dezamăgire, n-o să-i deranjeze să mă sprijine financiar. Doar că, din momentul în care m-am angajat, n-am mai apelat niciodată la ei.

Când m-am mutat la Victor, am simțit în sfârșit o relaxare.

I-am spus șefei mele că vreau să-mi dau demisia, iar ea a început să-mi spună ce dezastru ar fi să piardă un om din echipă chiar în perioada aia aglomerată. M-am simțit vinovată, așa că i-am promis că stau până găsește un înlocuitor, dar am făcut prostia să nu-mi depun demisia în scris. După notificarea scrisă aș mai fi avut de stat oricum treizeci de zile. Treceau săptămânile și nu dădea niciun semn că ar căuta om, am întrebat-o dacă a dat anunț, dacă face interviuri, dar avea mereu treabă. După vreo trei săptămâni m-am dus cu demisia scrisă.

Atunci a izbucnit și a început să-mi reproșeze lucruri care se întâmplaseră cu mult timp în urmă, pe când nici nu era șefă, a început să-mi enumere situații în care m-a ajutat și de care eu nu fusesem conștientă și tot așa, de parcă ar fi fost o afacere de familie și eu o lăsam în pom, și nu ditai corporația cu reguli precise și cu proceduri clare atunci când cineva vrea să plece.

— Să-nțeleg și eu de ce! striga la mine, cu niște buze care e posibil să nu fi fost ale ei, eu atunci vedeam prima dată cât sunt de mari.

În ziua aia m-am mutat la Victor. Mutarea nu era plănuită pentru atunci, nici nu-mi strânsesem lucrurile încă, dar l-am rugat să mă ajute și să mă ia la el, fiindcă eram prea tristă.

Am făcut două drumuri cu mașina, apoi el l-a sunat pe proprietar și i-a spus că plec, i-a plătit ce mai era de plătit și i-a dus cheia în aceeași seară, târziu, în timp ce eu îl așteptam acasă, în pat, cu cearșaful tras peste cap.

Eram la adăpost.

Am luat cu mine icoana pe care mi-o dăduse tata. Era o reproducere după cine știe ce icoană faimoasă sau făcătoare de minuni sau ceva de genul acesta, pentru că imita inclusiv degradarea suportului de lemn. Sfânta Fecioară era foarte, foarte tristă. Pruncul, cu un cap disproporționat de mic, stătea cu obrazul lipit de obrazul ei, colțul buzelor lui pe colțul buzelor ei, stătea agățat de ea în straiul lui de aur și-i căuta cu disperare privirea, dar ea te privea pe tine. Părea atât de îndurerată, încât nu ți-ar fi venit să-i mai ceri și tu ceva. Imaginea cu ei doi era apăsătoare.

Am ținut-o printre lucrurile mele câteva zile, apoi m-am gândit s-o atârn undeva. Știam că icoanele se pun spre răsărit, dar răsăritul era în colțul camerei, între o fereastră și un dulap mare cât tot peretele.

Am pus-o în picioare pe o comodă, rezemată de un teanc de cărți.

Nu scria nimic pe ea, nici ce icoană reproduce, nici unde a fost fabricată, avea pe spate doar o ștampilă dreptunghiulară pe care scria cu litere de tipar SFINȚITĂ. Nimic despre locul în care fusese sfințită. De parcă toate aceste detalii pământești legate de sursa obiectului, a imaginii, a presupusei sfințenii i-ar fi diminuat caracterul divin.

E mai bine să nu știi de unde vine, ca să nu ai întrebări.

— Ții minte icoana aia pe care mi-ai dat-o? i-am zis lui tata la telefon într-o zi. Mai știi de la cine o ai?

Nu și-a adus aminte pe loc, dar după câteva zile m-a sunat și mi-a spus că o primise cadou de la colegii de secție într-un an, de ziua lui.

M-am gândit că cel sau cea care făcuse cheta pentru banii de cadou primise la rândul său icoana de la un pacient.

Icoana a stat în dormitor câteva zile, după care Victor mi-a spus că singura modalitate de a o așeza către răsărit, așa cum trebuie, e s-o ducem dincolo, unde peretele era liber, pentru că încăperea era goală.

În ultima lună la birou s-a întâmplat ca el să nu fie plecat, așa că m-a dus și m-a adus cu mașina în fiecare zi. La final mi-am dat seama că nu aveam obiecte personale aproape deloc la serviciu, n-am luat cu mine decât o cană de cafea și am mai aruncat niște resturi – cutii de ceai sau ustensile de scris consumate. A fost o despărțire foarte seacă de locul de muncă, era o zi de vineri și colegii nu erau interesați de o mică dramă de rămas-bun. Am plecat de acolo ca și când urma să ne vedem din nou luni.

Nici nu știu ce mi-aș fi dorit de fapt, nu voiam tort de despărțire sau chetă pentru vreo icoană, dar mi-a rămas un nod în gât că, după ani de zile în care ne-am văzut zilnic, colegii mei de echipă n-au avut de zis decât „Vorbim".

Când am plecat, n-aveam niciun plan de rezervă legat de un loc de muncă. Îl aveam doar pe Victor.

În primele săptămâni în care am stat acasă, am dormit încontinuu. Parcă nu voiam să mă trezesc și să înfrunt ziua, care era pustie, în care nu aveam nimic de făcut. Nu era nevoie de mine în casă, toate mergeau și se întrețineau de la sine.

Victor părea că știe totul despre programul meu. Urmărea non-stop pe WhatsApp și Messenger să vadă când am fost activă ultima dată și, dacă trecea mai mult timp și nu eram activă, îmi scria să mă întrebe ce fac sau unde sunt, doar că eu de cele mai multe ori dormeam. Mi s-a părut stranie metoda, am vrut la un moment dat să trec pe modul invizibil, dar n-aș fi vrut să stârnesc o tragedie caraghioasă. În fond, n-aveam nimic de ascuns. Plus că nu mai locuisem niciodată cu cineva și mă gândeam că astea sunt lucruri care se vor regla în timp de la sine. Erau primele săptămâni și luni petrecute în casa lui, deci poate că avea dreptate să fie curios ce fac atunci când el era la lucru.

Într-o zi ne uitam la un film în living și am văzut pe geamul care dădea spre curtea din spate o pisică roșcată și grasă, cu o ureche ruptă. S-a uitat la noi curioasă, a rămas încremenită secunde bune, apoi, când a văzut că mă ridic în capul oaselor pe canapea, s-a speriat și a fugit.

— Cunoști pisica asta? l-am întrebat pe Victor.

— E motanul lui frate-meu.

— De unde și până unde?

— Păi, frate-meu locuiește alături.

Și a făcut un semn cu capul către casa identică de lângă a lui.

Era genul de informație pe care m-aș fi așteptat s-o primesc în ziua în care am intrat pentru prima dată pe poarta aia.

— Au fost plecați, a zis el. Și el, și nevastă-sa lucrează de la distanță și se duc prin țări din astea exotice și ieftine. S-au întors săptămâna asta, au stat în Vietnam șase luni. Li s-a schimbat vocea de la umezeală la amândoi.

— Și dacă n-apărea motanul, îmi ziceai?

— Normal că-ți ziceam, ce-ai? Mă mir c-a apărut, că de obicei nu-l lasă pe afară.

— A fost și el în Vietnam?

— Nu, a zis el și s-a întins către mine să mă pupe, a început să-și pună mâinile peste tot. L-au dus la neamuri.

N-aveam chef de mâinile lui.

— Cum îl cheamă?

— Îl cheamă Bubu.

M-am extras din îmbrățișare.

— Vreau să-i cunosc, am zis.

— Bine, a spus el.

— Dar totuși am mai văzut lumină alături, parcă. Și mișcare.

— Da, se mai duce Sanda să vadă de casă.

— Oare copiii stau la fel de nemișcați și la ei pe canapea?

— Da, a zis el zâmbind.

— De unde știi?

— Știu.

S-a întins din nou către mine să mă pupe, dar nu i-am răspuns.

— Și vreau să mergem și la ai mei într-o zi, să-i cunoști.

— Bine, a zis el, dintr-odată îmbufnat.

— Nu înseamnă nimic, am spus.

Nu voiam să se sperie de treaba cu părinții, dar nu de asta se îmbufnase el.

— Înseamnă doar c-o să ne cunoaștem mai bine.

— Ne cunoaștem deja, a spus, s-a ridicat de pe canapea și s-a dus să-și facă de lucru în garaj.

În ziua următoare n-a vorbit cu mine deloc.

Aveam să descopăr, încet-încet, că nu-i place să i se refuze afecțiunea și că, în general, detestă să fie refuzat.

Casa lui Bogdan și a Andradei, deși construită identic, era foarte diferită de a lui Victor. În primul rând era plină de lucruri aduse de prin călătorii sau comandate în urma unor călătorii. Tot felul de covoare, ornamente, statui, măști uriașe cu pene și alte obiecte imposibile care adunau mult praf. Probabil că Sanda avea mai mult de muncă la ei când erau plecați decât la Victor când era acasă. Dar locuința era plină de culoare și avea o atmosferă caldă.

Bogdan și Andrada vorbeau amândoi un pic gâjâit și mă întrebam dacă de la clima din Vietnam. Nu mai întâlnisem oameni cărora să li se schimbe vocea, dar nici nu știam cum erau înainte vocile lor.

— Ne-am pregătit ca la Revelion! a zis Andrada amuzată și aeriană, poate un pic beată, poate un pic fumată.

În orice caz, era foarte bucuroasă că ne cunoaștem în sfârșit. Mi-a zis că ei nu prea au prieteni.

În living aveau o măsuță de cafea lungă, lângă care aduseseră probabil din altă cameră încă o măsuță de cafea, și ambele erau pline cu platouri și castroane cu chipsuri de multe feluri, Doritos, pufuleți, covrigei și alune, două mese pline din care nu se putea mânca mai nimic. Și băutură, foarte multă băutură.

Bogdan era cu doi ani mai mic decât Victor și nu semăna cu el deloc. Andrada avea puțin peste douăzeci. Era mignonă, îmbrăcată în pantaloni scurți de blugi și un maiou alb, transparent, prin care i se vedea sutienul. Pe brațul stâng avea o vânătaie de jur împrejur. Primul lucru la care m-am gândit a fost că acea vânătaie nu putea fi făcută decât de o mână încleștată un pic prea tare pe brațul ei, dar dacă nu se jena s-o afișeze însemna probabil că o căpătase într-un mod mult mai banal. Era ușor de acoperit cu mâneca unui tricou, dar faptul că n-a făcut-o a fost pentru mine un semnal că nu e nimic în neregulă.

Eu îmi luasem peste tricou o vestă subțire și lungă, cu buzunare mari, în care-mi pusesem mobilul și alte mici obiecte personale și pe care o lăsasem în holul de la intrare, în cuier.

Am stat la ei câteva ore bune și am petrecut o după-amiază faină, erau amândoi vorbăreți și amuzanți și era evident că se plac și că se înțeleg bine. Râdeau la aceleași tâmpenii. Cam așa eram și eu cu Victor când eram singuri, dar, în cazul nostru, când apăreau și alții pe lângă noi, deveneam amândoi tăcuți.

M-am dus la un moment dat la toaletă și am surprins-o pe Andrada în hol, căuta în buzunarele vestei mele. Mirosea pachetul minuscul de șervețele din care aveam tot timpul la mine.

M-a văzut și a pus șervețelele la loc, fără să fie câtuși de puțin stânjenită.

— Sunt teritorială, a zis ea, ridicând ușor din umeri a neputință, ca și când mi-ar fi spus că are intoleranță la lactoză sau alergie la gluten.

Nu depindea de ea să se abțină.

Atunci s-a strecurat un disconfort și i-am făcut semn lui Victor să mergem.

Când am intrat la noi, primul lucru a fost să-mi pun un cod de blocare a ecranului telefonului. Nu avusesem până atunci.

— Ce faci? m-a întrebat Victor.

Cred că era prima dată când l-am văzut cu adevărat beat. În general era foarte precaut cu băutura.

I-am povestit de Andrada.

— Da, spune lucruri ciudate, a zis el.

A stat lângă mine pe canapea și s-a uitat ce cod introduc în telefon. Am făcut un V asimetric.

A doua zi am constatat cu surprindere că, în ciuda beției care aproape îl doborâse, își amintea absolut tot ce se întâmplase în casa fratelui său, inclusiv momentul eșuat când am încercat să mă împrietenesc cu motanul, care nu era stăpânul casei, așa cum mă așteptam, ci doar stăpânul etajului, unde nu-i plăcea să fie deranjat. M-am dus sus după el, să-l iau în brațe, dar s-a zvârcolit pentru a se elibera și mi-a despicat buza de jos cu o gheară.

Acasă la ai mei a fost extrem de formal, toată lumea a fost precaută. Tata a povestit absent despre un coleg care primise amenințări cu moartea de la soțul unei paciente, polițist. Apoi n-a mai participat la conversație. Pe final s-a retras în camera cu icoanele, care devenise un fel de sală de studiu. M-am dus la el să-i spun că plecăm și am remarcat o etajeră nouă, deja plină cu tot felul de cărți bisericești.

— Dacă ai nevoie să stai undeva, aici e întotdeauna loc, mi-a zis.

— Dă-i o șansă, am spus. O să-l mai vezi.

— Eu atât îți spun – că aici ai loc.

— Acum îmi pare rău că ți l-am bârfit.

— Tu mi-ai zis ce-ai simțit și foarte bine ai făcut.

— E în regulă, tati, are grijă de mine. Am găsit și eu un adult.

— Nu-mi place de el.

— Cum naiba nu-ți place de el? Că nici n-ați vorbit. Tu ești deconectat complet.

— Nu-mi place, a insistat el, silindu-se să nu ridice vocea.

— Știi ceva? Nici mie nu-mi plăcea de Luiza.

Am plecat de acolo plină de nervi, apoi m-am enervat că m-am enervat și m-am simțit vinovată.

Probabil că tata a fost deprimat tot timpul, nu doar acum, când o pierduse pe Luiza. Avea o nemulțumire cronică, poate simțea că nimic nu e suficient de bun pentru el, nimic nu era niciodată de ajuns. De asta a și avut amante. Era prea bun ca să stea numai cu una.

Aveam senzația c-o insultă pe mama cu suferința lui.

Mai las-o naibii pe această Luiza, mă gândeam.

Dar nu era adevărat că n-o plăcusem, n-aveam de unde să trag concluzia asta, pentru că nici n-o cunoșteam. Era colegă cu el la spital și o știam din vedere, dar atât.

Pierderea aceasta îl propulsase într-un univers bulversat, în care el, omul dedicat științei, nu mai înțelegea cum funcționează știința și de ce ne închinăm ei. Luiza nu reușise să se salveze pe ea însăși, nici el nu reușise s-o salveze, iar tratamentul pe care-l făcuse nu numai că nu avusese rezultatul dorit, dar îi stârnise și niște reacții adverse neașteptate.

Înțelegeam durerea tatei, dar nu reușeam să stăpânesc furia care mă apuca din când în când văzându-l incapabil să se controleze.

Se spune că părinții nu ți-i alegi, dar prietenii da. Mă întreb cam pe unde este partenerul de viață în graficul acesta al libertății de alegere. Pentru că și voința e un produs comercial, precum iubirea, ți se spune că poți avea orice, numai să vrei. Nu există nevoi, goluri, dependențe, disperări, totul e voință și dacă n-ai ales ce trebuie e numai și numai vina ta.

Nu știu dacă tata a vrut-o pe Luiza în felul în care a avut-o, la fel cum nu știu dacă eu l-am vrut pe Victor în felul în care mi s-a dezvăluit.

Pe 21 noiembrie e ziua mea și în anul acela s-a întâmplat ca timp de două săptămâni în jurul acestei date să fiu din nou singură acasă. Victor era la Londra. Mi-a spus că se revanșează când se întoarce, dar nu voiam neapărat să facem petrecere, nu țineam și nu țin la ziua mea. N-are legătură cu trecerea timpului.

Când am terminat facultatea, tata mi-a spus: „Acum ești la vârsta la care nu mai există vârstă" și am înțeles că asta înseamnă că voi rămâne încremenită pe veci în vârsta mentală de 23 de ani, ceea ce mi s-a părut straniu. Nu m-am simțit niciodată tânără, poate de-asta înaintarea în vârstă n-a fost niciodată o dramă.

Corpul meu nu mi-a plăcut niciodată până nu l-am cunoscut pe Victor, căruia părea că-i place mai mult decât celor dinaintea lui. Începusem să mă îmbrac altfel, să port bijuteriile luate de el, să-mi las părul ceva mai lung, la sugestia lui, să mă dau cu ruj. A fost singurul lucru pe care am acceptat să mi-l pun pe față, deși a încercat să mă trimită la salon să mă machiez de mai multe ori, spunând că decontează el.

— Să te simți și tu femeie, zicea.

Îmi făcea o favoare că mă scoate din ignoranța față de propria mea înfățișare.

Așa cum nu-mi simțeam vârsta, nu-mi simțeam nici genul. Adică îmi era clar că sunt atrasă de bărbați, nu asta zic, dar n-am simțit niciodată nevoia să-mi confirm sau să-mi accentuez feminitatea cu accesorii. Evident că nu e nimic greșit în a face asta, dacă ai plăcerea și-ți permiți (în timp și bani), dar eu nu știam ce anume mă face femeie și nici nu credeam că e important să descopăr. Au fost numeroase momentele în care lipsa mea de interes pentru mărcile feminității a fost văzută ca un handicap. Începând din sânul familiei, de la mama, care s-a trezit pe când aveam vreo douăzeci și ceva de ani că a ratat discuțiile din adolescență despre feminitate și seducție și s-a apucat să-mi spună că am fața cam palidă și trebuie să-i dau un pic de culoare, nu e posibil să umblu așa prin lume.

Despre discuțiile legate de seducție nu știu ce să spun, probabil c-a fost bucuroasă că n-a fost nevoie să-mi tempereze pornirile de vânător, pentru că nu le-am avut niciodată. Probabil că fața mea ștearsă a ajutat-o până la urmă, cel mai mult și mai mult pe ea, că n-a trebuit să mă adune de prin discoteci.

N-am primit niciodată semnale din exterior c-aș fi frumoasă, până la Victor. Acesta a fost universul nou pe care l-a deschis și pe care eu l-am primit cu puțin amuzament și multă curiozitate. În prezența lui am simțit că sunt femeie (pentru că mă instruia el), iar înainte și după el am fost doar eu, Maria. Uitându-mă acum în urmă, îmi dau seama că am locuit acest concept exact așa cum aș locui un spațiu nou, în care-mi aduc lucrurile, pe care mi-l apropriez, care începe să miroasă a mine, dar care rămâne gol în momentul în care plec de acolo. Victor avea cuvintele la el, adică știa exact ce să spună ca să te înmoaie, ceea ce venea din inteligența vânzătorului și, de asemenea, probabil, dintr-o experiență bogată, din care mie mi-a împărtășit foarte puțin.

Poți să vezi însă din felul în care vorbește despre alte femei, inclusiv despre cele de la televizor, ce crede despre tine, indiferent cât de galant și de precaut ar fi când îți sugerează că ar trebui să mai schimbi una-alta.

Nu mi-au displăcut deloc complimentele, le-am primit avidă și le-am lăsat să compenseze și lipsurile din relațiile anterioare, în care atât eu, cât și partenerii mei am fost deasupra acestor chestiuni lumești. Mi-am dat seama că nu e nimic degradant în a ți se spune că ești frumoasă, la fel cum nu e degradant să ți se spună că faci o cremă de mazăre excelentă, la fel cum nu e degradant să te vrea pentru că-i pricepi glumele și râzi, intră toate în rotițele mecanismelor de recompensă, care lucrează în așa fel încât să vă țină împreună.

Rujul mă făcea să mă simt murdară și-mi usca buzele. Când eram singură acasă și nu mă vedea nimeni, mă dădeam pe buze cu unt, încercam cumva să mă întorc la setările din fabrică. Lui Victor îi plăcea rujul pentru că-l stârnea un gest anume – mi-l întindea pe obraz cu degetul mare, apăsând puternic și trăgând de piele. Se pare că acest *glitch* în imaginea mea, rujul întins, gura care-și pierde forma, mă făcea vulnerabilă și gata de a fi atacată.

Poate i-ar fi plăcut să-mi curgă și rimelul, m-am gândit, și i-am oferit și asta de câteva ori.

Și m-am gândit că e cam devreme totuși să încep să mă zbat să-l păstrez.

N-am avut privilegiul unei relații de zece ani, nici măcar al uneia de cinci. Nu știu când intervine nevoia de a da culoare relației sau de a-ți da culoare ție pentru a o salva din plictiseală și rutină sau când începi să-i ceri celuilalt să facă asta.

La noi se pare că a fost din start.

Când eram numai eu acasă, nu voiam să vină Sanda, îmi spălam singură vasele și mai mult nici nu era de făcut. Victor însă îi cerea normă dublă când se întorcea, astfel încât să-și recupereze orele și banii, dar asta probabil că-i dădea și ei programul peste cap și mă detesta. Devenise un fel de soacră-mea, care-l cunoștea pe Victor pe teritoriul lui mai bine decât îl cunoșteam eu și care șușotea cu el când eram în preajmă. În general era vorba de bani, ori de un avans, ori de plata transportului, ori pentru cine știe ce soluții de curățat, fiindcă ea se ocupa să le cumpere.

Pe părinții lui încă nu-i cunoscusem și nici nu i-am cunoscut în cei doi ani cât am fost împreună. Avuseseră propria lor afacere cu comerț de ceva, iar acum se retrăseseră într-un oraș mic, nu departe de capitală.

Pe 20 noiembrie, cu o zi înainte de ziua mea, m-am uitat la starea vremii. Pentru a doua zi se anunțau minus cinci grade și zăpadă, prima din iarna aia.

Camera în care icoana de la tata a stat solitară câteva luni fusese mobilată sumar între timp. Îmi luasem un divan pe care l-am pus la fereastră, îmi plăcea să stau acolo să citesc.

Pe 21 m-am trezit devreme, afară încă nu se făcuse ziuă, dar se vedea pe geam o lumină slabă, egală și am știut că în grădină deja e un strat de zăpadă.

Prima zăpadă e conexiunea cea mai reală cu copilăria, pentru că-mi dă mereu o bucurie care vine de-acolo, mă face să mă simt copil. M-am bucurat c-a picat chiar de ziua mea.

Mi-am făcut la robot o banană cu un iaurt, ce mâncam de obicei dimineața, apoi o cafea cu lapte, care și-a împrăștiat mirosul în toată casa. Am pus centrala pe 30 de grade.

Sanda umbla inclusiv la termostat, făcuse un program de 21 de grade ziua și 19 grade noaptea, care mie mi se părea crunt. Schimbam în urma ei mereu și puneam pe 23 sau 24 de grade. I-am zis lui Victor la un moment dat să-i spună să nu mai regleze ea temperatura, dar nu știu cum de avea așa o putere asupra lui, că, negociator de succes cum era, fix aici nu voia să poarte negocierea cea mai simplă. Mi-a spus să-i zic eu, dar pe mine Sanda nu mă băga în seamă.

În ziua aia am făcut cald.

Centrala a duduit încontinuu. Când nu mai era nimeni în afară de mine acasă, singurele zgomote erau cele făcute de electrocasnice, centrala, frigiderul, mașina de spălat, pocnetul câte unui calorifer. În rest, nu deschideam televizorul sau radioul, îmi plăcea să fie liniște.

Victor se îngrijise de cadoul de ziua mea încă dinainte să plece. M-a dus la o galerie de magazine cu haine făcute de designeri români, să-mi ia o rochie cu buline. Îi plăcea eleganța retro pe care ți-o dă rochia cu buline, mi-a zis. Știa galeria foarte bine, probabil că mai fusese pe acolo. A stat răbdător până am probat vreo patru rochii, m-a măsurat cu atenție în fiecare dintre ele și a ales una verde cu buline albe, cu un decolteu generos, parte peste parte, și mâneci evazate. Dintr-un material subțire, de vară.

Era prea pretențioasă pentru mine, știam că n-o s-o port decât ca să-i fac lui plăcere.

De ziua mea avea o întâlnire dimineață, la nouă, ora lui, și-mi spusese c-o să mă sune înainte. Mi-am pus rochia verde, m-am dat cu ruj, mi-am pus telefonul pe pervaz și m-am întins pe divan. M-am uitat o vreme pe fereastră cum ninge. Aveam un butuc tânăr de viță-de-vie, care urcase pe o boltă metalică, făcuse și câțiva ciorchini negri, cu boabe mici, pe care nu-i culeseserăm. Boabele aveau acum căciulițe de zăpadă, iar crenguțele sticleau înghețate.

M-am uitat pe ecranul telefonului.

Era abia șase jumate la el.

M-am făcut comodă pe două perne și am început să citesc. Am așteptat să mă sune și m-a sunat.

A doua zi dimineață m-am trezit cu capul înghețat pe la ora patru. Eram zăpăcită, nu-mi dădeam seama cât e ceasul și de ce m-am sculat. Lumina egală, roșiatic-cafenie de afară era acum mai puternică. Ninsese o zi și o noapte fără oprire și continua să ningă cu fulgi mari și deși. Strada era înghițită de zăpadă, la fel și gardul dintre case, îl vedeam de la geam.

Când m-am dat jos din pat, am călcat într-o baltă de apă. Am aprins lumina să văd de unde vine și venea din calorifer. Am luat ceva mai gros pe mine și am coborât la parter. Pe ecranul centralei pâlpâia un mesaj de avarie. Am verificat toate caloriferele din casă, dar numai cel din dormitor curgea. Am pus un vas de plastic sub el și am adunat toată apa într-un lighean cu un burete. Simțeam cum frigul îmi intră prin urechi. Temperatura scăzuse la șaisprezece grade.

M-am dus la bucătărie, am aprins ochiul cel mai mare de la aragaz și am stat lângă el, pe un taburet, până am înțepenit. Mi-am făcut multe ceaiuri. La ora nouă, când temperatura din casă ajunsese la zece grade, l-am sunat pe Victor. Mi-a dat numărul tipului care se ocupa de service, iar el mi-a răspuns abia la a treia încercare și mi-a zis că nu poate ajunge decât luni, fiindcă azi, vineri, are zi plină. Se pare că la prima zăpadă crăpase tot. I-am trimis mesaj lui Victor, apoi l-am sunat pe tata. Venise din nou momentul să apară dintre nămeți și să mă salveze, cum fac tații de fete. M-am gândit c-aș putea să stau la ei până luni. Mi-a intrat un mesaj automat cu vocea lui, care spunea că e cu un pacient, să revin mai târziu. Mama n-avea carnet, deci m-am gândit că n-are rost s-o sun, mai tare o îngrijorez.

M-am dus alături, la Andrada, să văd dacă n-ar putea să mă ducă ea în oraș, la părinți.

Când mi-a deschis ușa, Bubu a țâșnit printre picioare ca un iepure sau ca un șobolan sau ca ceva disperat, în orice caz. Andrada avea fața boțită, nu mi-am dat seama dacă tocmai se trezise sau plânsese. În urma ei, Bogdan urla ceva. Că de ce era nevoie să se ducă ea în persoană nu știu unde.

M-am simțit aiurea că nimerisem în mijlocul unei dispute, dar i-am zis pe scurt ce s-a întâmplat și dacă ar putea să mă ajute cu mașina.

Bogdan a venit în hol și a zis:

— N-avem mașină, c-a dus-o asta în service.

Și a dat cu mâna în părul ei ca și cum ai da un șut în gol, i-a răvășit câteva fire.

— Vrei să stai la noi? a întrebat ea. Sau dacă vrei să te speli...

I-am zis că nu și m-am dus către casă. În zăpada neatinsă, urmele lui Bubu dispăreau în grădina noastră din spate.

M-a sunat din nou Victor, care vorbise el însuși cu meșterul și mi-a zis că tipul era pe drum, urma să ajungă cât de repede putea.

— Cum l-ai convins? l-am întrebat.

— Cu vocea mea de bărbat, a zis el.

— I-ai oferit foarte mulți bani?

— Exact.

Omul a venit după vreo oră și jumătate, și-a lăsat mașina în capătul străzii, pentru că nu se putea intra. Strada noastră era îngustă, cu trotuare aproape inexistente, ar fi fost nevoie de un plug minuscul pentru deszăpezire, dacă primăria ar fi avut așa ceva. A desfăcut centrala, a făcut-o la loc, a încercat s-o pornească, dar n-a pornit, a desfăcut-o iar. Mi-a zis că trebuie înlocuită o piesă, dar n-o are, trebuie comandată. Dacă o cere la urgență, o poate avea mâine.

— E o urgență, i-am zis zâmbind.

— Așa m-am gândit și eu, a răspuns.

— Cât o să coste? am întrebat.

— Lăsați că mă socotesc cu soțul, a zis el.

Am zâmbit în sinea mea. I-o fi zis Victor că soția degeră, blocată în casă? Era mai dramatic decât „prietena“? Ar fi fost îndreptățit să fie mai disperat, pentru că era vorba de soție? Singură în peșteră?

Mi s-a făcut foarte dor de el.

Când m-a sunat din nou, Victor mi-a propus să trimită pe nu știu cine să mă ia de acolo și să mă ducă la părinți. Am avut un moment de ezitare, mi se părea că se zbate prea mult, plus că eu stricasem centrala – sau așa aveam impresia –, mă mutasem la el și începusem să-i distrug casa, trebuia să stau acolo și să sufăr până se repara.

— Sau știi ce poți să mai faci? a zis. Du-te la Bogdan și cere-i aeroterma până mâine, că altfel nu reziști.

Înainte să închidă, mi-a zis că n-o să mă mai poată suna două ore.

Când mi-a deschis Andrada a doua oară, scandalul încă nu se terminase. Mi-a adus aeroterma.

— Dacă vezi motanul, să-l prinzi sau să mă suni sau ceva, nu vreau să-l găsesc înțepenit, a spus ea.

Am dus aeroterma în dormitor și m-am băgat în plapumă și am pus-o să-mi sufle aer cald în față. Mi s-au încins imediat obrajii. Am simțit cum mi se usucă nasul.

Am început să plâng după Victor. Eram prea singură, el nu era acolo. În general nu era acolo.

Când era cu mine, obiectele nu se stricau niciodată.

Pe finalul primăverii, Victor m-a luat cu el la Zürich o lună. Firma lui avea un apartament acolo, într-o suburbie a orașului. Mă plângeam tot mai mult că e mereu plecat. Și începusem din nou să am tot felul de suspiciuni legate de plecările lui.

Mi-a făcut această concesie, dar mi-a spus că nu va avea prea mult timp la dispoziție, nu va fi o vacanță. Cel puțin nu pentru el. Mi-a luat un abonament la căile ferate, valabil o lună, pentru toate trenurile, și încă un abonament la un club nautic, de unde puteam să închiriez echipamente și ambarcațiuni mici.

Înainte de plecare, l-am întrebat dacă ar trebui să-mi iau și câteva haine elegante, în caz că vom ieși la cină cu colegii lui, iar el mi-a zis că aceștia nu știu că vine însoțit.

S-a dus la cină singur sau, în orice caz, fără mine, sunt aproape sigură, pentru că au fost multe seri în care a venit târziu. Cu mine a ieșit separat și nu foarte mult, aveam impresia că e iritat că sunt acolo, dar m-a asigurat că era doar stresat de contractul pe care-l avea de discutat și c-o să se simtă mult mai bine la final, când ne lăsaserăm vreo patru zile libere, pentru noi.

Așa că mi-am petrecut mare parte din timpul acolo mergând pur și simplu cu trenul.

Mă duceam în gară la întâmplare și mă uitam pe panou la denumirile destinațiilor și mi le alegeam în funcție de cum sunau sau îmi imaginam eu că sună. Sistemul era atât de bine pus la punct și rețeaua feroviară atât de densă, cu trenuri dese, încât nu riscai să rămâi împotmolit pe undeva fără să te poți întoarce în aceeași zi. M-am uitat la munți și la lacuri, am văzut cascade țâșnind din piatră și o dată am văzut un elicopter care transporta o vacă ce atârna de o frânghie lungă.

Centrul nautic era aproape de locul în care stăteam și era micuț – o recepție-bar într-o cabană de lemn și o curte cu iarbă, plină de stative cu caiace și câteva mese cu scaune pentru clienți. Toaleta era atât de mică, încât din cauza genunchilor nu aveai loc să închizi ușa și trebuia să stai foarte crăcănat.

La recepție se afla un tip pe nume Martin, care era și patron și care se ocupa de tot. Mi-am rezervat un caiac pentru o săptămână, timp de două ore în fiecare zi, și tot de acolo mi-am cumpărat și echipamentul de care aveam nevoie, negru de sus până jos.

— Fundul lacului e plin de ochelari, a zis Martin. Nu vezi deloc fără ei?

— Nu văd prea departe, i-am spus.

Martin a descâlcit un șnur dintr-o geantă plină cu obiecte mici.

— Să nu uiți să mi-l dai înapoi, a zis.

La ponton a ținut caiacul până m-am urcat, mi-a dat vâsla și mi-a urat distracție plăcută. Apoi a luat mâna de pe barcă și abia atunci mi-am dat seama cu câtă forță și cu câtă precizie o ținea în loc. Era vânt și vântul s-a simțit încă de la mal.

Rațele nu s-au dat din calea mea.

Treaba lor.

Probabil că de-a lungul vieții se confruntă cu amenințări mai mari de-atât.

Dacă nu faci nimic pe apă, te ia vântul și te duce unde vrea el. Trebuie să dai din mâini în permanență, să faci ceva cu vâsla dacă vrei să fii stăpân pe ce se întâmplă.

Știam că dacă mă răstorn n-o să mă pot urca singură înapoi în caiac. Ar fi trebuit să înot și să împing echipamentul până la mal și aș fi ieșit din apă învinsă.

Orice ar fi, să nu mă răstorn.

M-am lăsat pe o parte și pe alta, m-am răsucit în stânga și-n dreapta, am verificat cât spațiu de manevră am și ce poate face pentru mine această componentă a mea care este barca.

Eram o broască așezată în fund pe un deșeu plutitor.

Un animal care a reușit să-și inventeze o unealtă: corpul său.

Ce idee bună, Victor.

Viața lui era importantă și a mea nu și mă întrebam de ce mă place, pentru că eu n-aduc nimic în relație, dar acesta era un loc foarte periculos în care să fii, mental.

Începusem să măsor cum măsura el.

Sau cum credeam că măsura.

— Ce-ți place cel mai mult? l-am întrebat într-o seară, când stăteam amândoi în pat.

— Să facturez? a zis.

Mi s-a părut simpatic și mi-a fost drag de el că are umor și l-am pupat.

— Și de ce te temi cel mai mult?

— De sărăcie?

— Vorbesc serios.

— Și eu.

— Numai de-astea cu bani ai?

— E greșit să vrei o viață bună? a zis.

M-am ridicat în capul oaselor.

— Ce e o viață bună?

— Uite asta, a zis și a arătat spre geam cu un gest larg.

Un pic mai la vale de vila în care stăteam, se vedea lacul.

— Vrei copii? l-am întrebat.

— Nu mai vreau.

— Adică ai vrut?

— Cu altcineva am vrut.

— Și ce s-a întâmplat?

După o pauză a zis:

— Avea carieră.

Și a zâmbit.

Își bate joc de mine? m-am gândit.

Nici nu știu de unde să încep să explic în câte feluri m-a jignit cu treaba asta, deși nu voiam neapărat copii. Tema copiilor fusese întotdeauna deschisă negocierii pentru mine, fiindcă simțeam că nu e o decizie pe care ar trebui s-o iau singură, n-ar fi fost corect față de copil, el ar fi trebuit să fie dorit de ambii părinți. Dar el nu simțea că are ce discuta cu mine.

Acesta a fost primul moment major de respingere pe care l-am simțit în relația noastră. Mai brutal chiar decât atunci când m-a smucit de braț după accidentul cu Andrada.

Eram atrasă de el pentru că mă făcea să mă simt dorită prin felul în care-mi vorbea sau mă atingea, până și momentele mai dure mă străduiam să le iau tot așa, ca pe o dorință greu de ținut în frâu, dar de fapt ce era dorința? Felul hotărât în care a respins posibilitatea de a avea cu mine ceva ce nici eu nu eram sigură că vreau, dar mi se părea important și intim măcar să supun dezbaterii mi-a dat de înțeles că nu eram dorită. Trecuse un an și ceva de când eram împreună și cred că atunci mi-am dat seama că nu trecuserăm încă la nivelul următor. Eram în stratul acela superficial în care dorința era legată doar de corp și de confortul corpului și în care ea avea un preț.

Cu câteva săptămâni în urmă, înainte să plecăm, i-am spus că-l iubesc.

Eram la a nu știu câta încercare de a scoate pe gură vorbele astea.

Nevoia de a le spune creștea în mine, până n-am putut să le mai țin.

Mă așteptam să nu răspundă la fel sau, dacă ar fi răspuns la fel, l-aș fi suspectat că e doar diplomat, nu știu dacă l-aș fi luat în serios.

Dar n-a zis nimic. A urmat o tăcere lungă.

Am lăsat-o și eu să fie lungă, fiindcă știam că e stânjenitoare pentru el și am vrut să-l stânjenesc, măcar atât.

A rezolvat-o în cele din urmă cu un gest, mi-a luat mâinile într-ale lui, și-a băgat nasul în umărul meu și m-a sărutat pe gât. Apoi i-a venit și replica.

— Perfect, a zis.

Ce n-a știut e faptul că n-o mai spusesem niciodată până atunci și nici de-atunci încolo n-am mai spus-o. Cu toate că-mi rumeg emoțiile, sentimentele, nevoile, cu toate că sunt conștientă cum e povestea în timp ce se întâmplă și cum e ea după ce se întâmplă, vorbele mari nu le scot așa de ușor.

Doar dacă dau pe afară și devine dureros dacă nu le spun.

Aproape de finalul șederii noastre, vremea s-a stricat, a început să plouă mărunt și rece și nu mai aveam chef să ies nicăieri și să fac nimic.

L-am sunat pe Martin să anulez o rezervare pentru un caiac. M-a întrebat de ce și i-am zis că din cauza ploii.

— E foarte frumos pe lac când plouă, mi-a zis.

— Poate. Dar nu vin.

— În țara ta nu plouă? m-a întrebat.

— Avem altă abordare a ploii. Fugim înăuntru.

— *Fair enough*, a zis el.

Apoi, după câteva secunde, m-a întrebat dacă nu vreau să trec totuși pe acolo, să bem o cafea.

I-am zis că nu pot.

Propunerea lui m-a speriat. Nu cred că voia doar o cafea.

Dacă eram singură, tot nu cred că m-aș fi dus. Aș fi fost flatată, la fel cum am fost și acum, dar n-am cum să mă bucur de sex cu o persoană pe care n-o cunosc, pentru că înainte de atracția fizică a fost întotdeauna cea intelectuală și sufletească și încrederea că ce se întâmplă nu e la mișto.

Nu zic că ar fi greșit să fie la mișto, dar sexul la prima vedere nu e un sport pentru mine, la fel cum ping-pongul nu e un sport pentru mine.

Aș putea să scriu o confesiune lungă și despre asta, are de-a face cu spiritul de competiție.

Loialitatea în cuplu a fost întotdeauna unul dintre lucrurile cele mai importante pentru mine. Îmi era rușine de modul în care își trăiau părinții mei căsnicia și de umilința la care mi se părea că este supusă mama. La fel cum îmi era rușine că ea acceptă această umilință.

Știu că se pot întâmpla multe într-un cuplu, poți să începi prin a spune că cel mai important e ca celălalt să-ți fie loial și poți ajunge apoi într-un punct în care o escapadă amoroasă să fie răul cel mai mic pe care ți l-ar putea face. Să fie altele mult mai mari, adică.

În relațiile mele de până atunci fusesem ferită de un rău mai mare.

Fusesem mereu loială și cred că mi s-a răspuns la fel.

Îl întrebasem mai demult pe Victor de ce s-a terminat relația dinainte, îmi imaginez că ea era persoana cu care ar fi vrut copii, deși nu mi-a zis clar. Dar din puținele amănunte pe care mi le-a spus, am dedus că cea dinaintea mea a avut mai multă greutate pentru el sau cum să zic?

— Am făcu eu niște golănii, mi-a răspuns scurt atunci și s-a luat imediat cu altceva, ca să nu mai insist.

O golănie poate fi și o delapidare de fonduri, și refuzul de a merge de Crăciun la părinții ei, dar eu nu m-am gândit la asta, ci m-am gândit c-a înșelat-o.

O fi venit la Zürich și cu cea dinainte, cu cealaltă? Ce abonamente i-a cumpărat, în cazul în care ea îl lăsa să-i cumpere?

Discuția despre copii m-a întristat. Îl iubeam pe Victor foarte mult, din motive pe care n-am reușit niciodată să mi le explic întru totul. Umplea goluri, asta mi-am zis. Dar golurile astea ale mele erau necunoscute chiar și pentru mine.

Mi s-a înșurubat atunci din nou dorința de independență.

Relația asta îmi alterase țesătura afectivă, mă îndepărtase de mine.

A doua zi după discuție am primit un sms de la tata: „Iartă-mă".

Era ciudat, nu era în firea lui. Nu-și ceruse niciodată iertare pentru nimic, de la nimeni. M-am temut c-o să se întâmple ceva grav, că urmează să-și facă rău. Avea acces la medicamente, știa cum să se taie sau să se înjunghie eficient, mi-am făcut instantaneu cele mai negre gânduri. Dacă voia să facă ceva oribil, avea șanse mari să nu rateze. Starea sa din ultima vreme era tot mai proastă.

L-am sunat imediat înapoi, dar nu mi-a răspuns. Am sunat de foarte multe ori.

Apoi pe mama, dar nici ea n-a răspuns.

Era clar, erau la spital.

Următorul avion direct era a doua zi dimineață, așa că mi-am luat un zbor cu o escală periculos de scurtă, ca să pot pleca imediat. Victor n-a protestat deloc. Mai erau două zile până la cele patru zile libere pe care trebuia să le petrecem împreună.

Mi-am pus toată energia în plecarea aia. Era foarte important să plec de acolo și să plec imediat. Voiam în primul rând să nu-l mai văd pe el.

În aeroportul din Viena, m-a așteptat o mașină a companiei aeriene, care mai pescuise înainte doi întârziați. Nu aveam timp să mai intrăm în aeroport și să ne îmbarcăm împreună cu ceilalți. Șoferul mașinii ne-a spus că el e căpitanul navei spațiale și trebuie să ascultăm ordinele lui și sub nicio formă să nu-l scăpăm din ochi. Vorbea cu un coleg prin stație și-l informa despre călătorii galactici pe care-i va livra. Faptul că-și găsise un partener pentru demența lui m-a topit, celălalt îi cânta în strună.

A condus foarte mult prin acel aeroport. Era, într-adevăr, o planetă în sine.

La controlul de securitate a trebuit să se scaneze și el alături de noi și atunci ne-a zis că se teleportează.

A condus din nou până la una din milioanele de uși automate, i-a somat pe ceilalți doi să rămână neclintiți în mașină și mie mi-a poruncit să-l urmez. Se vedea că-i face plăcere să se rățoiască la călători panicați că pierd avioane.

Am alergat după el în lumină orbitoare de neon, pe holuri înguste și pustii, în spatele coridoarelor largi pentru turiști. Era înalt și deșirat, cu părul alb și lung, prins în coadă, avea un cercel în ureche, iar pe brațe se vedeau bucăți de tatuaje încrețite. M-a dus până la burduful care era cuplat la avion, iar la despărțire mi-a făcut un semn cu mâna la tâmplă, ca un căpitan, și a raportat în stație că m-a livrat.

Era atât de departe de mine acest străin, pierdut în universuri concentrice – mai întâi în misteriosul aeroport, apoi în filmul SF în care trăia –, dar mi-a transmis o căldură de care aveam nevoie în momentul acela. Aveam nevoie să știu că există pe lume cineva a cărui datorie e să aibă grijă ca eu anume să nu pierd avionul.

Toți ceilalți erau așezați, cu centurile puse, gata de plecare, și, când am urcat, n-au avut altă treabă decât să se uite la mine. Am avut un loc la mijloc și tot drumul am stat nemișcată, încercând să nu ocup spațiu, străduindu-mă să nu mă lăbărțez.

La Otopeni mi-am deschis telefonul în avion și am început să-l sun din nou pe tata.

Mi-a răspuns.

— Ce faci? a zis cu vocea lui posomorâtă, dar care devenise ceea ce s-ar fi putut numi vocea lui normală.

Mă ridicasem în picioare și stăteam prost, sprijinită de scaunul din față, și, după ce l-am auzit, a trebuit să mă așez din nou. Au început să-mi tremure mâinile. Probabil că abia acum corpul meu și-a permis să-și manifeste panica. Abia când a trecut spaima.

— Sunt în aeroport, i-am zis.

— I-auzi, a făcut.

Oare uitase că eram sau ar fi trebuit să fiu în Elveția?

— Vreau să vin pe la voi, am spus.

— Vino.

— Pot să dorm acolo diseară?

— Cred că da, a zis un pic debusolat. Sper să ai pe ce...

Mult timp după ce am plecat de acasă, am mai avut cheia de la apartamentul lor, dar n-am venit niciodată neanunțată, deci n-am avut de ce s-o folosesc. N-o țineam pe inelul cu celelalte chei, ca să nu-mi îngreuneze geanta, așa că s-a rătăcit ușor în locuința mea, iar după una dintre mutări a dispărut cu totul. Cum pierderea unei chei trebuie întotdeauna anunțată (dacă știi c-ai pierdut-o și mai știi și de unde era), le-am zis și părinților. La scurt timp, și-au înlocuit ușa cu totul, sub pretextul că cealaltă era veche și voiau oricum de mult să facă asta.

Mi s-a părut amuzant că se tem de anturajul meu. De prietenii sau colegii pe care nu-i cunoșteau decât din poveștile mele, e drept că uneori umflate. Îmi place să mai îngroș tușele când vorbesc despre oameni.

Când sunt acidă, sunt mai mișto.

Cred.

Nu știu de ce au schimbat ușa, mie mi s-a părut o reacție exagerată. Mi-au oferit din nou o cheie, dar n-am mai luat-o. Mi se părea că apartamentul acela era exclusiv spațiul lor. După o serie de transformări, fosta mea cameră devenise studioul lui tata, cel cu icoanele. Am stat cu ei până în anul II de facultate, adică până la douăzeci de ani, și după ce am plecat am ajuns destul de repede să am senzația că fusesem pe acolo doar în trecere în toți anii aceia. Cât am fost acolo, am avut mereu sentimentul că acolo e acasă, nu-mi amintesc să fi fost altfel, chiar și când am fugit de acasă la paișpe ani și m-au adus înapoi după trei zile, am simțit că am venit acasă, nu în altă parte. Era vara dinaintea examenului de admitere la liceu și fugisem împreună cu alte două prietene să trăim în cort la malul mării tot restul vieții. Cei trei tați au venit după noi, fiecare în mașina lui, ca în *Călin Nebunul* sau alt basm din ăsta în care trei bărbați umblă să salveze trei femei de pe tărâmul zmeilor. Nu știu de ce n-a luat-o și pe mama, probabil pentru că drumul înapoi spre București era lung și mașina ar fi fost un spațiu prea mic pentru trei persoane, atâta timp, în condițiile acelea. O fi vrut să evite scandalul.

Poate așa au gândit toți. Una dintre celelalte fete avea mamă vitregă.

Îmi amintesc cum au pornit încolonate cele trei mașini și apoi, pe drum, s-au pierdut una de alta pe șosea. La venire s-au străduit să stea aproape unul de altul, să nu se piardă din ochi, dar la întoarcere problema colectivă s-a desfăcut în trei probleme individuale, închise ermetic în vehiculele lor.

Eu am stat chircită pe bancheta din spate, de parcă aș fi fost suferindă, de parcă m-ar fi durut ceva, dar nu mă durea nimic. Îmi venea doar să urlu.

Cred că tata știa mai bine decât mine că la vârsta aia, mai mult ca oricând, îți vine să urli.

Mai târziu vei avea motive pentru a urla pe care le înțelegi, dar atunci nu știi.

Acasă, am avut scandalul necesar, dar apoi nu m-au pedepsit altfel decât nevorbind cu mine săptămâni întregi. Nici între ei nu cred c-au vorbit, pentru că nu-i auzeam vorbind. Poate se învinovățeau unul pe celălalt sau poate aveau o scuză bună ca să nu-și vorbească sau poate își vorbeau în șoaptă special ca să mă deruteze pe mine și să facă atmosfera mai apăsătoare.

A fost o vară ciudată, singura în care am avut unghiile date cu ojă (neagră) și singura în care am avut o prietenie strălucitoare cu acele două fete, colege de clasă. Prietenia a murit pe loc în prima zi de școală. Am intrat fiecare la alt liceu. Era atât de simplu pe atunci să se termine orice.

Am sunat la interfon de mai multe ori până când tata a venit să deschidă.

Am observat încă din hol că ceva nu era în regulă. Lipseau multe, foarte multe obiecte.

— Unde e mama? am zis.

— E la vară-sa, la Ioana.

M-a poftit în bucătărie.

— N-am decât măsline cu pâine, a spus, azi e vineri.

Am deschis ușa frigiderului. Era gol și stins.

— L-am scos din priză, nu mai are rost... Nu mai am mare lucru.

— Zi-mi și mie ce se întâmplă.

— Păi... maică-ta a plecat de tot. S-a mutat la Ioana.

— Ea a luat toate lucrurile?

— A luat și ea câte ceva, și-a luat ce era al ei. Haine, din astea.

— Dar lipsesc mobile.

N-a zis nimic. S-a apucat să molfăie niște măsline mici și negre, camufla sâmburii în pumn și cu mare discreție le dădea drumul într-o ceșcuță. Părea jenat că-l privesc cum mănâncă, de parcă asta ar fi fost o activitate rușinoasă, o nevoie care trebuia satisfăcută fără martori.

— Tata, de ce mi-ai zis să te iert? Mi-ai trimis mesajul ăla azi-dimineață.

— Păi, pentru tot.

— Care tot?

— Eu știu? Poate că nici nu știu. Când te-am supărat.

— Dar de ce mi-ai zis așa, acum?

— Am fost la spovedit de dimineață, o să mă împărtășesc duminică.

Intra într-o perioadă în care urma să-și ceară iertare periodic, din ce în ce mai des.

Dar până atunci, vorbe din astea ciudate noi nu ne-am spus.

Am stat cu el în bucătărie până a mâncat, încet, toate măslinele pe care și le pusese pe o farfurie întinsă. I-am trimis un mesaj lui Victor – „Totul e în regulă" – la care n-a răspuns decât a doua zi dimineață. I-am zis să mai rămână acolo și în cele patru zile libere, dacă vrea, și a vrut.

— Credeam că vrei să mă convingi să mă întorc la el, mi-a zis mama, când am reușit în sfârșit să dau de ea.

Într-un fel, ea era acum cea care fugise de-acasă.

Simțeam povara impasului în care se aflau părinții, deși în impas au fost tot timpul, nu-i cunosc altfel decât așa, dar acum aveau comportamente atipice, el se făcuse ascet, ea fugise de acasă, la o verișoară cu care n-a fost prietenă niciodată.

Nu-mi dădeam seama dacă trebuia să intervin în vreun fel ca să mediez problema.

Până la urmă, eu însămi îmi dorisem să scăpăm de Luiza. Dar nu așa, evident. Și, pentru că nu așa îmi dorisem să dispară, dar totuși așa a dispărut, mă simțeam ciudat. Nu neapărat vinovată, dar era ceva nedeslușit acolo care mă apăsa de câte ori mă gândeam la ea și la modul nedrept în care făcuse parte atâția ani din viața noastră.

Bineînțeles că n-aș ști să spun care ar fi fost modul drept.

Poate că, mai mult decât orice, relația tatei cu ea a fost o prietenie. Dar nu puteam să citesc asta decât în cheia neputinței noastre, a mea și a mamei, de a-i oferi lui ceea ce-i lipsea afectiv. Nu numai pe mama o trăda, ci și pe mine. Nici eu nu eram de-ajuns.

Deși relația aceasta paralelă a devenit la un moment dat asumată, ea n-a fost pe față. Nu mai era ascunsă, dar nici pe față nu era. Adică Luiza nu venea cu familia ei să facem sărbătorile împreună, nu ieșeau în oraș ca două cupluri vesele sau mai știu eu ce. O țineau între ei. Nici pe copiii ei nu i-am cunoscut niciodată, deși am avut curiozități despre ei, dar mi s-a părut ciudat să-l întreb pe tata. Poate că vorbeau despre copii. Poate că se ducea la ea și se plângea de mine. De cum l-am dezamăgit în vreun fel sau altul, deși în teorie am avut toată libertatea pe care ți-o pot lăsa părinții.

Poate prea multă.

Poate un pic de constrângere înseamnă iubire.

Poate ar trebui să încerc acum să le salvez căsnicia, mă gândeam. Viitorul lor e datoria mea, deși trecuseră amândoi de șaizeci. Sau tocmai de-aia, că acum încep să fie din nou copii.

M-am întâlnit cu mama la o cafenea, în oraș.

Dacă nu mă ducea Victor cu mașina, drumurile în oraș erau extrem de lungi, mi se părea că stau la marginea lumii, ca o jucărie uitată după canapea, cu bateriile scurse.

Cu mama ieșeam foarte rar la cafea. O dată la câțiva ani. Se întâmpla ceva și deveneam foarte formale atunci când eram în oraș, de parcă am fi avut de discutat chestiuni de serviciu. Inclusiv modul în care ne exprimam, atât eu, dar mai ales ea, era altfel – cuvintele erau pronunțate îngrijit, întregi, până la capăt.

— De aceea nu ți-am răspuns, mi-a zis. Îmi pare rău că te-ai îngrijorat.

Nu-i spusesem pentru ce m-am îngrijorat, ci doar că m-am panicat că nu răspunde după atâtea apeluri.

Mi-a zis că tata a început să dea din casă obiecte unor oameni pe care îi cunoaște de pe la biserici. Fiindcă acum nu mai mergea doar la una. Găsise mai multe.

— Poate tatonează, am zis. Vrea să vadă unde se simte mai bine.

— Nu-l mai suport, a spus ea. Pur și simplu nu se mai poate discuta cu el. Are tot felul de idei, e aproape fanatic. Într-un fel e fascinant ce i se întâmplă. Cum a virat atât de repede către zona asta așa neașteptată pentru el. Cine ar fi zis? Dar parcă aș fi vrut să fie fascinant în alt fel.

— Poate vrea să-și spele păcatele, am spus zâmbind. Dar ea a tăcut.

— Crezi că are păcate? am zis.

— Dacă tristețea pe care mi-a provocat-o mie e un păcat, da. Adică nu poți să te uiți în carte și să zici: ăsta e un păcat, ăsta nu e un păcat. Păcatele se văd în ceilalți. Pe de altă parte, a fost mai curajos decât mine și a făcut ce-a vrut ca să-i fie lui bine și să fie satisfăcut.

Știu că multă vreme mama a tot spus că-și găsește și ea un amant. Am întrebat-o dacă a avut și ea pe cineva până la urmă și mi-a zis că nu.

— Mi-a fost rușine, a spus. Și poate puțin teamă de reacția lui.

— Crezi că s-ar fi împotrivit?

— Nu știu. Chestia e că n-am simțit nevoia niciodată să am o pasiune secretă cu altcineva. Sunt defectă?

Chelnerul a venit să ne întrebe dacă mai vrem ceva și a ea a răspuns imediat că mai vrea o cafea, iar eu am înțeles din asta că și-ar fi dorit să continue discuția și m-am gândit că am avut nevoie de prea mulți ani să ajungem aici, era genul de moment confesiv pe care-l aveam de obicei cu tata.

— N-o să mai dormi la noapte, am spus.

— Ei, parcă dormeam.

— Cum e la Ioana?

— De fapt îl voiam pe el, a zis repede, parcă să scape de ceva greu de mărturisit, și apoi a continuat: E bine. Vorbește mult, e nebună. E simpatică.

— Deocamdată.

— Da.

— Mama, trebuie să fac ceva? Să vorbesc cu tata să vă împăcați sau măcar să încerc sau...

— Maria, fii atentă.

A pus mâna peste a mea, dar nu m-a apucat de mână și nu m-a strâns, doar a acoperit cu palma mâna mea care se odihnea pe măsuță, într-un gest stânjenit, pentru care n-avea suficient exercițiu.

— Fii atentă, e important. El are foarte mulți bani la bancă. Trebuie să-i ceri banii ca să-ți iei un apartament, pentru că altfel o să dispară de acolo și o să înnebunesc. Sunt economiile noastre comune. E drept că el a câștigat mereu mai bine, dar sunt și banii mei acolo.

— Și tu nu poți să-i scoți?

— Eu nu sunt titular, doar împuternicit, nu pot să fac nimic fără să știe el și nu mai am energie acum pentru treaba asta, ne certăm încontinuu de vreo două sau trei luni, ca niciodată. Adică mai mult eu vorbesc și ridic tonul și el tace ca o victimă smerită și-și acceptă persecuția ca un martir și eu mă simt îngrozitor și nu mai pot.

— Nu vrei să ne vedem toți trei să vorbim?

— Cere-i banii, te rog din suflet. Ia-ți o casă. Sau ce vrei tu, dar cel mai bine ia-ți o casă a ta.

— Dar nu pot să vă iau economiile...

— Iar începi cu din astea? Noi am avut mereu o relație bună cu tine, de ce ești ostilă?

— Nu sunt ostilă, dar e munca voastră.

— O s-o dea la biserică sau la mănăstire!

— E alegerea lui.

— Pe cuvânt dacă te înțeleg.

— Nu-mi trebuie, mă descurc.

— Cum te descurci, stai la mila ăluia? De ce nu vrei să-i ceri lui taică-tu?

— Pentru că sunt doar o variantă mai acceptabilă decât biserica, mama, de-aia.

— De ce ești, măi, așa? De ce le răsucești atâta? De ce nu primești și gata?

Chelnerul a trecut din nou și am tăcut amândouă, dar nu venea către noi, ci s-a dus la o masă mai din spate.

— Nu stau la mila lui, am zis. A fost un an bizar, am fost ca drogată, m-a scos din sistem, nu știu. Dar o să mă redresez, îmi caut de lucru. O să rezolv.

— Cere-i banii, a mai zis ea o dată. O să ți-i dea. Pe tine te prețuiește, a spus, obosită. Pe tine te iubește.

În drum spre casă, în autobuz, am scrolat pe telefon și am văzut pe Facebook că o fostă colegă de birou cu care mă înțelesesem bine dădea în chirie o garsonieră. Știam că are această locuință și c-o ține pentru așa ceva. Am sunat-o. Aveam foarte puțini bani ai mei, deoparte, nu-mi permiteam decât o primă chirie, fără garanție, dar am convins-o ușor să accepte așa. Am luat-o ca pe un semn și am decis pe loc să plec imediat.

Victor avea să vină de la Zürich în două zile. Aveam nevoie de o pauză, dar știam că, dacă deschid discuția, era foarte posibil să înceapă să insiste și să mă convingă să nu plec.

La fel de posibil era să mă lase, să-mi spună la revedere, drum bun. Mi-am dat seama că habar n-am ce simte față de mine și cât de mult mă vrea, dar voiam să evit orice negociere, pentru că putea să devină extrem de dominator.

M-am întâlnit cu colega mea când a ieșit de la lucru, ne-am văzut în fața blocului unde era garsoniera, undeva pe la Iancului. În aceeași seară m-am apucat să-mpachetez frenetic, aveam mult mai multe lucruri decât atunci când venisem în casa lui Victor.

M-am gândit să las rochiile și lenjeria de dantelă și bijuteriile și tot ce-mi luase el ca să mă simt și eu femeie, dar n-am avut răbdare să le sortez, iar unele îmi plăceau, chiar dacă nu le purtam neapărat, și atunci le-am luat la grămadă pe toate, nu voiam să-i las lucruri ale mele sau care deveniseră ale mele.

Am luat-o și pe Maica Domnului și-n urma ei a rămas un cui în jurul căruia căzuse varul, de parcă s-ar fi îndărătnicit să intre greu atunci când a fost bătut. Arăta ca o bubă. Camera nu mai era goală, dar un cui rămas așa în perete o făcea să pară golită.

Voiam să rezolv totul cât mai repede, știam că oricum n-o să dorm dacă mă întind în pat și-mi convenea că e noapte, fiindcă nu voiam să mă vadă Bogdan și Andrada, despre care nici nu știam sigur dacă sunt în țară. Spuseseră ceva de Maroc sau Tunisia, dar nu reținusem când anume urmau să plece.

Am chemat un taxi, am avut noroc de un șofer de treabă și pentru un bacșiș generos m-a ajutat să și car bagajele din casă. Am făcut două drumuri și am terminat cu toate pe la trei dimineața. Am povestit și am râs și am simțit că nu sunt eu cea care face lucrurile alea, care pleacă cu atâta disperare și cu convingerea că o dependență se vindecă pe loc în momentul în care spui tu „gata!“. Bărbatul acesta m-a ținut de vorbă și nu m-a lăsat să procesez ce fac, ceea ce mi-a picat foarte bine atunci, i-am fost recunoscătoare în sinea mea.

În timpul zilei era profesor la o școală pentru copii cu dizabilități.

Mi-a zis că în general, când iese cu taxiul, nu stă mai târziu de ora unu.

Apoi a scos o carte de vizită și mi-a întins-o.

Avea numele și numărul lui de telefon și sigla companiei.

— Dacă o să mai ai nevoie... a zis.

— Să mă duci înapoi? am întrebat zâmbind.

— Dacă nu te aduce el.

Am ezitat să iau cartea de vizită.

— Știu că e ciudat, a spus. Dar poate cine știe.

Am luat-o, dar nu l-am sunat niciodată. Cartea de vizită o am și acum într-o cutie cu capac de la IKEA, pentru „organizat amintiri“.

Garsoniera Iuliei era nou-văruită, ceea ce însemna că Maica Domnului avea să-și găsească locul cu greu, și nu pe perete. Cu toate că varul proaspăt, al cărui miros încă se simțea, îi dădea un aer de curățenie, mobila era făcută din bucăți vechi, desperecheate, uzate de valuri de chiriași. Canapeaua nu se întindea perfect, șanțul de la mijloc te atrăgea către el. Iar ferestrele dădeau către un bulevard circulat și se auzea traficul.

Mi-am dat seama din start că nu va fi o locuință confortabilă și că trebuia să caut mai mult, dar nu erau șanse să găsesc mai bine la bugetul pe care-l aveam.

Amestecul acesta de confort și disconfort îl mai simțisem și când m-am mutat de acasă de la părinți, în timpul facultății – dădeam patul bun și curtea interioară a blocului, către care era așezat apartamentul, pe o chirie în care somnul nu mai era odihnitor, însă primeam la schimb bucuria singurătății.

După plecarea mea de acasă, în apartamentul acela au avut loc mișcări tectonice, puse la cale fără îndoială de mama. Avea episoade din astea în care se apuca să mute mobile prin casă și atunci n-aveai nicio șansă să negociezi nimic cu ea, era aproape psihotic, măsura cu ruleta și desena schițe, de parcă ce urma să facă era o superinginerie. Și apoi trăgea singură de ele, de parcă ar fi fost o chestiune de viață și de moarte. Țin minte că am vrut odată s-o ajut să mute o bibliotecă, dar împingea de ea cu atâta înverșunare, încât a trebuit să mă feresc ca să nu mă accidenteze. Mă temeam că de la atâta efort riscă să rămână înțepenită, dar probabil că totul era doar o descărcare emoțională necesară, ca și cum energia pe care nu putea s-o investească în familie o dedica totuși casei, în câte o descătușare din asta periodică.

Atunci când am plecat, și-au reîmpărțit spațiul și au început să doarmă separat. Probabil că așteptau de mult momentul, sau cel puțin mama, îmi imaginez că ea a fost cea care a mutat mobilele. Patul meu, lat de o persoană și jumătate, a devenit al ei. Camera mea a devenit biroul lui tata, unde am mai păstrat într-o comodă câteva obiecte la care țineam: viniluri cu povești din copilărie, niște diafilme, casete audio cu lecții de limbi străine, ceva muzică și câteva cărți dezmembrate, dar care fuseseră adorate la vremea lor. O vrabie de tablă cu cheiță, numită „puiul“ și care, atunci când era întoarsă, începea să ciugulească aiurea.

Restul am sortat și am dat cu mâna mea, deși poate că unele lucruri le-aș mai fi ținut o vreme. Dar n-am vrut să le stea pe creier, n-am vrut să-i incomodez cu resturi ale fostei mele prezențe și am considerat că e de datoria mea să mă debarasez de ele. Lucrurile din comodă aveau totuși un regim special – erau prețioase și aparțineau acelui spațiu și m-am gândit că acolo erau în siguranță. Am decis atunci să nu le târâi cu mine prin locuințele prin care urma să trec.

Cred despre mine că am o capacitate sporită de a mă adapta la spațiu, fără ca asta să însemne că mi-l și apropriez. Știu când un loc nu e al meu, dar n-am avut dificultăți în a numi „acasă“ locurile prin care am trecut. A fost o anumită luciditate în relația cu spațiul, o distanță întotdeauna acolo, de parcă aș fi fost mereu pregătită să pierd acele locuri, mult prea conștientă că nu sunt ale mele. Chiar și apartamentul părinților a fost un astfel de teritoriu, în care eu m-am simțit doar în trecere, timp de douăzeci de ani. Mi-au făcut o favoare că m-au găzduit până m-am pus pe picioare. Poate că toate astea veneau dintr-o senzație de inadecvare înscrisă în ADN, dar care era compensată de capacitatea de adaptare.

Așadar, nu mi se părea de la sine înțeles ca apartamentul părinților să-mi rămână mie, dacă lor le-ar fi venit alte idei între timp n-aș fi fost furioasă. Nici legat de economiile lor nu aveam așteptări, nu eram de părere că sunt datori să muncească pentru mine. Dacă s-a nimerit să vin pe lume, e treaba mea să duc crucea, deși „cruce“ e un cuvânt prea greu pentru ce vreau de fapt să spun și nici nu vreau să pară o ironie la adresa tatei, care se apucase acum să ceară canoane de la entități abilitate să le dea.

Discuția cu mama însă mă pusese pe gânduri. Dacă reușeam să-mi adun curajul (despre asta era vorba?) să-i cer tatei banii, poate că actul de proprietate ar fi schimbat ceva la nivel ontologic, poate că locuința era ancora de care aveam nevoie, la fel cum pentru alții ancora ar fi meseria lor pe care o adoră, copilul pe care-l văd crescând, țara în care au emigrat și în care n-au voie să dea greș și multe altele, toate la fel de legitime și cu greutate comparabilă. Merita măcar încercat.

Am fost surprinsă că mama ajunsese să-mi spună că stau la mâna lui Victor, pentru că nu mai departe de începutul relației, care avea doar un an și ceva, îmi spunea că e important să nu fiu singură. Între timp se schimbaseră multe și în viața ei, iar schimbările astea îl făcuseră pe Victor să devină altceva în ochii mamei (poate un ecou al tatei?), la fel cum cu siguranță și eu devenisem altceva. Experiențele noastre îi modifică și pe cei din jur.

Se spune că suntem născuți pentru a învăța și creierul nostru e într-o continuă transformare, poate dacă am fi conștienți de cât de fluid e totul am lua-o razna, de aceea o numim adaptare și nu trădare. A minții noastre față de noi.

Uitați de limbi străine și teancuri de rebus în încercarea de a menține elastic un creier afectat de demență, spun cercetătorii. Pur și simplu aduceți în fața omului un alt om și lăsați-i să stea acolo doar privindu-se, iar asta va genera o experiență mult mai complexă, va face galaxii de neuroni să trosnească.

Cum să te cerți pe tine că nu poți să spui stop?

Asta e povestea pe care o spun – povestea unor nesfârșite și imposibile despărțiri.

De când îți dai seama că e mai bine fără el decât cu el, dar fără să poți pune în cuvinte mai mult de atât. Fiindcă devine îngrozitor de complicat din prima clipă.

Victor m-a sunat o dată și nu i-am răspuns, iar el n-a mai insistat, doar mi-a dat mesaj cu ora la care urma să aterizeze a doua zi. Nu voiam să recunosc că-mi era dor de el, dar era un dor intelectual, simțeam nevoia să vorbesc despre tata și despre propunerea mamei, el era extrem de înțelept în gestionarea neputinței altora, m-ar fi ascultat atent și mi-ar fi spus ce să fac și ar fi avut dreptate.

M-a sunat din aeroport și apoi din taxi de vreo șapte sau opt ori și n-am răspuns. Apoi mi-a dat un mesaj: „Am ajuns acasă. Ce-i asta? Unde ești?".

Trebuia să avem această confruntare, dar deja mi-o imaginasem de vreo sută de ori și eram stoarsă de energie.

A insistat cu mesajele, iar într-un final i-am spus doar atât: „Mi-e frică de tine".

În ziua aia am stat în pat câteva ore bune, băgată sub o pătură nouă, dintr-un material prost din care curgeau scame.

Spre seară am simțit că-mi explodează capul, așa că am ieșit un pic afară și apoi m-am întors și m-am apucat să-mi fac CV-uri, să mă înscriu pe site-uri cu anunțuri de joburi, să contactez foști colegi și să le dau de veste că-mi caut de lucru. Cam așa mi-am petrecut acele zile.

A treia zi după schimbul de mesaje, m-am trezit cu Victor la ușă. Am încremenit când l-am văzut pe vizor, dar corpul meu s-a mișcat fără mine, mâinile mele i-au deschis.

S-a repezit la mine și m-a luat în brațe și m-a strâns, cu o bucurie nemaivăzută la el, de parcă ar fi fost Făt-Frumos care a tăiat pădurea de spini și a omorât balaurii și a ajuns la recompensă.

M-a sărutat și și-a băgat mâinile pe sub bluza mea.

— Ai venit să vorbim deci.

Mi-a spus că începuse să caute indicii pe Facebook, unde altundeva. Mi-a luat prietenii la rând și le-a urmărit postările recente și văzuse anunțul Iuliei cu garsoniera. S-a gândit c-ar fi o posibilitate. Mai găsise la o tipă o poză de vacanță difuză, era un status despre bucuria de a întâlni foști colegi și s-a gândit că s-ar potrivi și situația aia. Anunțul Iuliei avea și adresa blocului, doar stradă și număr, și el venise cu o zi în urmă să verifice toate numele de la interfon, din tot blocul, dar nu le găsise nici pe al Iuliei, nici pe al meu. A decis apoi să-i scrie, s-o întrebe dacă știe ceva, i-o fi zis vreo poveste înduioșătoare de inimă frântă, știa cum să fie convingător. Iulia i-a dat adresa. Și-n timp ce el era la mine, am primit și eu un mesaj de la ea, probabil că nu se așteptase ca el să se miște așa de repede.

Au urmat două săptămâni în care s-a purtat exemplar, a fost prezent, iubitor, disperat, înduioșător, m-a făcut să râd cu el și să plâng după el, a fost un cavaler răbdător și a câștigat, în cele din urmă a venit cu mașina să-mi ia catrafusele și să mă aducă acasă.

Nu peste mult timp aveam să fiu furioasă c-am cedat și că i-am confirmat probabil una dintre ideile lui fixe despre femei: că, atunci când zice că nu vrea, de fapt vrea.

Acasă m-a ajutat să-mi aranjez lucrurile și ce n-am mai avut răbdare să aranjăm am aruncat în camera mea, aceea cu divanul și cu gaura din perete, din care cuiul căzuse și se rostogolise până spre fereastră.

Victor a comandat foarte multă mâncare, bucătăria era plină de caserole și cutii din care am început să ciugulim.

— Vezi să nu mănânci prea mult, mi-a zis. Ca să putem să...

Și a făcut un semn zglobiu cu capul.

— Bum șacalaca.

Am pufnit în râs și mi-a curs mâncare din gură.

— Bum șacalaca ești tu, mă.

În intimitate avea momentele astea în care era incredibil de copil, de fapt amândoi eram și râdeam ca tâmpiții și asta mă topea.

A venit către mine și m-a luat în brațe, a început să mă sărute pe gât.

— Când te întâlnești cu fata aia să-i dai cheia? m-a întrebat cu nasul în părul meu.

— Care fată?

— Aia cu garsoniera.

— Iulia?

— Da.

— De ce să-i dau cheia?

M-a privit serios.

— Cum adică de ce? Fiindcă nu mai ai nevoie de garsoniera ei, ai venit acasă. A fost un moment de rătăcire.

Nu-mi dădeam seama dacă e ironic.

— Nu vreau să-i dau cheia, o mai țin un pic.

— Ce-ți lipsește aici?

— Nimic, dar...

— Păi, vezi? Ți-e jenă de ea? Îi plătesc pe trei luni. Sau pe șase. I-ai distrus ceva prin casă? Ai apucat?

— I-am scămoșat o pătură, am zis.

M-a strâns tare, cu nasul în pieptul lui.

— Aaau, am spus, mă sufoci. Stai. Nu vreau să las chiria. Vreau să am un loc...

— Ai aici.

— Nu știu... Sunt prea dependentă de tine.

A izbucnit în râs.

— Asta e problema ta, furnicuțo?

— Faci mișto că nu muncesc?

— Bine, fără „furnicuțo". Dar cum?

— Ce te-a apucat?

— Să-ți zic și eu într-un fel.

M-a luat în brațe și m-a pus pe umăr, să mă ducă sus.

— Limbajul iubirii ar trebui să vină organic, natural, din ceva ce noi am tot învârtit și am apreciat, nu-mi amintesc când am învârtit furnica, adică are așa o conotație...

— Taci puțin, te rog, că nu pot să mă concentrez să urc scările astea, a zis.

— De ce nu m-ai luat pe canapea?

— Că miroase a mâncare pe canapea.

— Ia-mă aici.

— Te iau imediat.

— Dacă mă scapi și dau cu capul de scări, o să fii judecat pentru omor prin imprudență. O să-mi dea borșul pe nas, am zis. Adică sosul de soia.

Îmi venea și sângele în cap, mai precis într-o venă anume, pe care o simțeam proeminentă.

M-a lăsat jos, ca să râdă un pic.

— Ești beat? am întrebat. Ia suflă ca să te miros.

Eram amândoi destul de beți. Bucuroși că suntem împreună sau bucuroși că există modalități de a estompa filtrele, de a împinge în fundal gândurile care complică tot. Că există alcoolul, care te ajută să-ți trăiești viața. Asta făceam noi acum, ne trăiam viața. Pentru că a trăi înseamnă a fi împreună, a o da în bară, dar împreună.

Victor m-a apucat de bărbie cu două degete și m-a strâns clește, cu gestul ăla al lui care mă exaspera și care mă făcea câteodată să mă uit în oglindă ca să văd dacă nu cumva mi-a învinețit obrajii.

— Să nu mai pleci de-acasă fără să-mi spui, ai înțeles? Mă pui pe drumuri să te caut!

M-a luat de mână și am urcat restul scărilor alături de el, cu o jumătate de pas în urmă.

N-am mai vorbit deloc, a început să mă dezbrace și a intrat în mine rapid, cu furie.

Mi-am acoperit ochii cu antebrațul drept și am strâns din buze și l-am lăsat să-și facă treaba, dar la un moment dat n-am mai putut și am început să scâncesc.

— Mai încet, te rog, mă doare.

S-a oprit.

— Ce-ai zis?

— Mă doare.

— Credeam că-ți place așa, a zis.

— Cum să-mi placă dacă mă doare?

— Gata, gata, a zis. Șșș. Mi-a fost așa dor de tine. M-ai făcut s-aștept atât.

A continuat mai încet până a terminat, apoi s-a ridicat și s-a dus să se spele, fără să mai zacă alături de mine câteva minute, cum făcea de obicei. În general eu eram cea care se ducea prima să se spele, pentru că eu eram cea care colecta toată murdăria actului.

A stat mult la duș.

Afară începuse să plouă și am auzit niște sunete noi, niște picături uriașe într-un burlan, sunete pe care până atunci nu le mai remarcasem. M-am gândit că poate s-a schimbat ceva la casă cât am fost plecată și dintr-odată plecarea mea mi s-a părut lungă, suficientă cât să se creeze fisuri adânci, și m-am simțit străină nu doar de locul acela, ci și de cea care fusesem acolo, de mine cea de până acum câteva săptămâni.

Victor a venit de la duș și s-a așezat pe marginea patului.

— Cine era ăla cu care ai plecat? m-a întrebat, treaz și grav.

— Care? Unde am plecat?

— Când ai plecat de aici. Cine era ăla care ți-a cărat lucrurile?

M-am gândit de unde naiba le știe pe toate, apoi m-am întrebat cine i-o fi spus că m-a văzut, apoi mi-am adus aminte de camera de supraveghere de la ușa casei.

— Taximetristul, am zis. L-am rugat să mă ajute, l-am plătit.

Era important să precizez că n-o făcuse de plăcere, devenisem și eu foarte conștientă ce plăteam și ce nu.

— Râdeați, vorbeați... era simpatic.

— Era un om de treabă, am zis.

Iar el a ales, din fericire, să oprească discuția acolo.

Am greșit c-am plecat de acasă? Parcă prima dată nu fusese atât de grav. Sau poate n-am fost conștientă de efortul depus pentru recuperarea mea. Părinții știu întotdeauna că ei sunt plasa de siguranță și c-o să te întorci acasă când dai de greu, iar ai mei au fost întotdeauna civilizați cu mine, dacă pot folosi acest cuvânt. Civilizați, pentru că nu m-au împroșcat niciodată cu reproșuri sau insulte. Nu m-au pedepsit. N-au avut timp.

Norocul lor a fost că în adolescență refugiul meu a fost școala.

Putea să fie altul.

Care i-ar fi silit să-și facă timp să mă salveze în mod repetat.

De data asta, salvată cu forța după această nouă evadare la aproape douăzeci de ani distanță, refugiul a devenit pentru un timp alcoolul.

Victor bea destul de mult acasă, dar ținea la băutură. Nu l-am văzut niciodată terminat de beat. Trebuia să bage mult până să ajungă în punctul în care să se simtă relaxat, și atunci era amețit și amuzant și scump, era versiunea lui care îmi plăcea cel mai mult. Se întâmpla în momentele astea de semi-beție să-mi spună lucruri pe care altfel nu le discutam, să-mi spună despre relația noastră, de exemplu, despre cum se bucură că a găsit un interlocutor de primă clasă.

Cred că atunci m-a flatat.

Dar acum îmi amintesc ce mi-a spus cineva dinaintea lui, și anume că fetele urâte trebuie să se mulțumească să ofere sprijin emoțional și să asculte, asta e singura lor șansă. „Are vreo legătură cu mine?", am întrebat și i-am provocat un atac de panică. „Tu ești o gagică mișto", a zis, adică nici da, nici nu, și a început să mă sărute cu frenezie, contactul fizic fiind o modalitate excelentă de a înăbuși orice dispută. Pentru că pur și simplu nu-i mai lași celuilalt posibilitatea de a mai articula nimic.

Cu Victor nu era vorba de sprijin emoțional, fiindcă el era mai presus de aceste nevoi, avea totul foarte bine controlat și nu se arăta niciodată vulnerabil. Aveam impresia că ceea ce făceam eu în relația asta era să-i țin companie.

Adică eram chiar mai jos decât o fată urâtă.

Doar companie. Și începusem, după prima evadare de la el, să am un sentiment că merit să fiu plătită pentru asta.

Altă dată, la beție, a comentat o fază de când am fost la ai mei și mi-a dat tata carne crudă de porc s-o pregătim, neștiind că la noi în casă, adică la Victor, nu se punea mâna pe carne crudă. „Ca să nu slăbească fiică-sa", a zis Victor și a râs în delirul lui, iar eu am înghețat, fiindcă până atunci aveam impresia că-i place corpul meu.

Altă dată m-a sunat din Egipt de pe un număr ciudat, cu prefixul țării, era o vineri seara și era cherchelit și eu am întrebat „Cine ești și ce număr e ăsta?", iar el a zis „Ei, cum nu știi, că doar te-am mai sunat și ieri de pe el, că nu te prindeam de pe mobil". Dar nu mă sunase. Nu pe mine.

Altă dată, după câteva pahare de whisky, mi-a zis „Când o să te faci și tu mare o să-ți dai seama ce-avem noi doi și o să apreciezi".

Erau momentele astea crepusculare, în care Victor era la granița dintre el cel din timpul zilei, modelat perfect de tot controlul pe care și-l impunea, și el pe alcool, cu centrul de comandă și control scurtcircuitat. Iar în momentele astea uneori se apuca să-mi descrie alte femei, una din aeroport sau una din restaurant sau avocata nu știu cui, cu lux de amănunte. De parcă le pozase cu privirea și imaginea lor se scufundase adânc, în creierul adevărat, ăla de care te temi să nu te dea de gol. Erau descrieri fizice amănunțite, cum avea sânii, avea el ce-avea cu sânii, cum era îmbrăcată, machiată, ce tocuri avea, ce unghii. „Stai că vine gazela asta să-mi aducă vinul", mi-a spus odată la telefon din aeroport din Frankfurt, unde schimba avioanele să se întoarcă acasă. Era obosit și detesta să zboare, deși făcea asta frecvent, așa că pe ultima bucată de drum, când mai avea puțin până s-ajungă, își lua mereu de băut.

Când era treaz, n-ar fi vorbit așa despre o femeie. Nici pe mine nu mă jignise vreodată în legătură cu felul în care arăt, dar, după ce a râs atunci când am venit cu carnea de la tata, am început să mă întreb care Victor este cel adevărat.

— Ce facem cu ea? am întrebat.

Tata primise carnea de la o cunoștință (am bănuit că pacient sau ruda unui pacient) care avea o măcelărie. Părinții aveau prea multă acasă și nu le mai încăpea pe nicăieri și am luat-o pentru că, într-un fel, nu era de la ei, era dar din dar, cum se spune.

— Hrănește fiara, a zis Victor.

Se referea la Bubu.

Deși fusese crescut cu boabe, Bubu mânca orice, chiar și piele de salam. Ba chiar prefera orice altceva. Era topit după mămăligă, griș cu lapte și telemea stricată.

A doua zi după ce am primit-o, am pus carnea la fiert, să i-o prepar motanului. Ca o glumă, m-am gândit să-i fac o carne aromată și am pus acolo condimente de prin dulap, dafin, cimbru, ienibahar, am lăsat-o să fiarbă vreo două ore, completând periodic oala cu apă. Era din nou una din zilele alea în care eram singură acasă, afară era frig, pereții erau reci, geamurile erau reci. Aburul de la carne a plutit în casă, la parter, apoi s-a depus pe geamuri, lipicios și gras.

Mirosea foarte rar a mâncare, doar când comandam mult sau mai pregăteam noi câte ceva, dar, fiindcă nu se gătea intens, casa nu avea mirosul acela de casă folosită, locuită. Era în continuare goală, proaspătă și rece. Era prea mare. Și eu eram prea singură în ea.

Când mi-a dat carnea, tata mi-a spus că vrea să iasă la pensie.

Că e obosit și prea încărcat de frică.

Și că ar vrea să le lase pe toate în seama altcuiva. A lui Dumnezeu, de pildă.

— De ce ți-e frică? l-am întrebat, fiindcă îl știam neînfricat, obligat să găsească soluții și capabil să o facă. Tata a fost persoana pe care am admirat-o cel mai mult în viața mea, îmi plăcea siguranța pe care o emana, convingerea – a lui și a mea – că știe ce face. Dar toate astea numai până când a apărut fratele Policarp. Intruziunea lui a reorganizat universul relației mele cu tata și tot ce a fost până atunci, admirația și celelalte, a dispărut șters cu buretele.

— Nu e frica mea, a zis, ci a celorlalți. Sunt înconjurat de multă frică și de disperare. Până și recunoștința mă apasă. Nu mai pot.

Nu trebuia să-mi explice mie nimic. Era dreptul lui să se retragă, împlinise anii.

Oricum nu știam ce să-l sfătuiesc în legătură cu viitorul lui.

Viitorul lui nu era treaba mea, la fel cum nici viitorul meu nu fusese treaba lui, deși în adolescență trebuia să fie. Mai aveam răbufniri resentimentare din când în când.

Un pic de intruziune înseamnă iubire, îmi spuneam, gândindu-mă pentru a nu știu câta oară că trebuia să insiste cu medicina, atunci în liceu, deși n-am nicio garanție că aș fi fost un medic bun. Poate m-ar fi copleșit din start frica și deznădejdea din spital, m-aș fi îmbibat cu ele. Poate aș fi fost terorizată în permanență c-o să greșesc și greșeala mea va fi plătită scump de alții.

Înțelegeam că spitalul nu mai e același lucru pentru tata, acum că Luiza nu mai era acolo. Era un loc care-i amintea de absența ei.

Mama încă era acasă atunci. M-am gândit că unele lucruri se vor repara între ei.

Am scos carnea pe un platou. Se făcuse fragedă și mirosea foarte bine. De ce să-i dau lui Bubu?

Acesta apăruse la un moment dat la geamul aburit, semn că Andrada și Bogdan erau acasă.

Bucata se strânsese, dar era totuși foarte mare. Ar fi ieșit două feluri de mâncare din ea sigur.

Am tăiat-o și am început să mănânc din ea, așa, goală, fără nimic.

Cum adică „să nu slăbească fiică-sa"?

Între douăzeci și treizeci de ani am fost aproape în permanență la dietă și mi-am petrecut prima tinerețe într-o depresie moderată, presărată și cu câteva căderi mai serioase. Cea mai gravă dintre ele a ținut cam un an și cred că a fost accentuată și de niște probleme pe care le aveam la jobul de-atunci.

Trebuia să mă cântăresc și să mă măsor zilnic, să cântăresc mâncarea, să număr calorii, le adunam unele sub altele cu creionul pe hârtie. Țineam jurnale. Urcatul pe cântar devenise o treabă foarte umilitoare și e ceva ce voi detesta până la sfârșitul sfârșitului. Am reușit să-mi păcălesc corpul de vreo două ori la început să dea jos, dar apoi a pus la loc, în ciuda continuării dietei. Făceam sport, dar nu îndrăcit, mergeam la aerobic de două ori pe săptămână. Disperarea era legată de mâncare. De acolo venea vinovăția. Eram tot timpul flămândă și la un moment dat ajunsesem să am o senzație de frig, care-mi imaginam că vine din alimentația deficitară. Îmi era frig pentru că nu mâncam. Probabil că nu de-asta, dar așa simțeam.

Am dat mulți bani pe tot felul de prafuri și capsule, am citit zeci de cărți, am ascultat în căști CD-uri cu presupuși doctori care-ți explicau cum să te gândești la mâncare. Unul te învăța cum să nu-ți mai fie poftă de ciocolată: trebuia să-ți imaginezi că e căcat. Depinde numai de tine să vezi căcat când te uiți la ciocolată și să nu mai poftești.

Copleșită, debusolată, dezamăgită de lipsa de rezultate, am decis să mă înscriu în programul unei clinici de nutriție.

— De ce? E parte din farmecul tău, a spus tata.

Dar nu asta trebuia să zică. Trebuia să zică „nu ești grasă“.

La clinică mă cântăreau încălțată, mă rugam de asistentă să mă lase să mă descalț.

Am cedat psihic într-o zi când nutriționista m-a certat că în săptămâna precedentă, într-una din zile, mâncasem două mere verzi în loc de unul.

Aveam cu trei sute de grame în plus.

În meniul pe care mi-l dăduse scria „mere“, la plural.

E straniu acum să remarc că tot ce a rămas din acești zece ani din viața mea e pagina de mai sus. Că a încăput totul într-o pagină, că-mi aduc aminte de o replică a lui tata și de o scenă legată de două mere. Și că răul pe care mi l-a făcut disperarea de a arăta altfel, mai acceptabil, nu-și mai găsește locul nici măcar într-o poveste. Dar el a fost acolo, timp de un deceniu.

Poate pare o problemă superficială, dar nu e. E o traumă care s-a adâncit puțin câte puțin și care a avut mult timp la dispoziție ca să devină solidă, de neclintit. Mi-am petrecut zece ani la dietă cruntă, dar problema acceptării propriului corp a început mult mai devreme, la pubertate, când au crescut sânii. Transformarea mea în femeie a venit la pachet cu dilema frumuseții interioare, pe care n-o vrea nimeni. Mie îmi trebuia frumusețe exterioară.

Nimeni nu vrea ce nu se vede.

Nu voiam să mă consolez cu frumusețea interioară. Ce frumusețe interioară? Olimpiadele la chimie?

Așadar, lucrurile erau complicate, nu cred că există tinere pentru care nu sunt, și de aceea „ca să nu slăbească fiică-sa“ n-a picat tocmai bine. De aceea l-am rotit atâta în minte.

Mai târziu, vorbind pe canapea despre gogoșile pe care le făceau bunicile noastre, și a mea, și a lui, decupate cu paharul, i-am zis că nu-mi plăceau pentru că mi se făcea rău de la coca prăjită.

— Dacă mâncai ca vaca, a zis și a început să râdă.

Era un pic beat.

Încă un lucru ciudat spus la beție, dar atunci ne-am certat și ne-am bătut și el mi-a rupt două degete de la mâna stângă, iar eu am plecat din nou de acasă. Pe holul spitalului, cât am așteptat să-mi pună atela, am plâns până mi s-a umflat fața. Eram împreună de aproape doi ani, știa exact ce și cât mănânc, cum a putut să spună că mâncam ca vaca? La ce-ți servește educația dacă nu știi să taci din gură ca să nu rănești?

Când m-am întors la Victor după prima despărțire, am populat din nou camera cu divanul cu lucrurile mele. Am pus iar icoana pe perete. Cuiul era pe jos, rostogolit până aproape de fereastră, nu-i remarcase nimeni căderea. De data asta l-am bătut un pic mai sus de gaura aia distrusă, așa încât icoana ascundea acum în spatele ei o rană, o bubă care amintea de prima ei ședere acolo și de momentul în care am smuls-o din perete ca să plec.

După multele CV-uri și scrisori de intenție pe care le trimisesem, am primit două răspunsuri cu invitații la interviu. Unul dintre joburi nu mă interesa, era vorba de ceva *entry level*. Încercam să-mi aduc aminte care fusese anunțul și de ce am trimis CV pentru așa ceva, dar n-am reușit să-mi amintesc, trecusem pur și simplu prin prea multe. Probabil că fusese vag, fără detalii. Celălalt era mai interesant, însă ceea ce m-a atras cel mai mult era faptul că sediul se afla în Sema Parc, foarte aproape de un club sportiv care avea și câteva bazine de înot.

Nu e un criteriu solid după care să-ți alegi locul de muncă, știu, dar orice motiv era bun dacă îmi dădea ceva de care să mă agăț, să-mi doresc să ies din casă dimineața. Intrasem într-o letargie periculoasă, pe care – atunci când mă gândeam la situația mea și încercam să mă justific – o numeam confort sau odihnă. Fusese anul meu sabatic, în care nu făcusem mare lucru: doar am stat acasă și m-am străduit să fiu o femeie pe gustul iubitului meu, pentru că eram foarte îndrăgostită și nu voiam să-l pierd. Nu mai simțisem niciodată asta, nu credeam că e posibil să fii atât de legat de un om, iar în primele luni cred că nici nu mi-am dat seama ce se întâmplă. *De ce*-urile au venit mai târziu: de ce am făcut aia, de ce ailaltă, de ce n-am reacționat altfel, de ce, de ce, de ce. Îmi făcea rău să mă gândesc, dar îmi imaginam că voi învăța ceva din asta, ceea ce e o prostie – nu înveți niciodată nimic, mintea ta te joacă așa cum vrea ea, important e să nu te mai gândești după ce a trecut.

Ce am făcut pentru mine în perioada aia? Nu mare lucru. Am citit mult și haotic. Printre lecturile mele s-au strecurat și câteva cărți luate de la tata ca de la bibliotecă, despre cuvioase cu minuni subțiri, care prin cine știe ce împrejurări absurde deveniseră obiectul adorației unor oameni care aveau nevoie să creadă în miracole. Multe dintre aceste femei fuseseră extrem de chinuite, bolnave sau cu mințile rătăcite, bătute de bărbații lor sau de propriii părinți și aruncate pe la vreo mănăstire unde vorbele lor lipsite de sens au trecut pentru unii drept profeții. Cuvioasa Pelaghia, de exemplu, numită înainte-văzătoare, le-a prezis multora că le vor muri soții sau copiii, dar asta se întâmpla în timpul unei epidemii de holeră, deci poate că mai interesant ar fi fost să prevadă cine va trăi.

Însă viața ca atare n-are nimic interesant într-o poveste.

Într-o poveste îți trebuie dușmani și, în zumzetul ei neîncetat, mintea ta e oricând gata să ți-i fabrice.

Vrăjmașul.

Și vrăjmașul interior.

Trebuie să-i cunoști, ca să te ferești de ei.

Poate că aș fi crezut în poveștile din cărțile astea și în protagonistele lor dacă s-ar fi mulțumit să fie doar exemple de umilință. Să-ți propună exerciții de smerenie. Dar faptul că întotdeauna, după ce li se prezenta viața, în a doua parte a cărții, ele deveneau sfinte mi se părea o aroganță. „Cine a scris asta?", strigam câteodată nervoasă, singură în casă, și-mi trânteam cartea pe abdomen. Dar nu le scrisese nimeni, ele nu aveau autor.

Pentru interviu am avut de ales între două zile, dar în ambele ar fi fost de la nouă dimineața, așa că trebuia să mă ducă Victor cu mașina. Când i-am zis că mă duc la interviu, a fost ofensat. A început să mă întrebe din nou ce-mi lipsește, a luat-o foarte personal, a început cu tot soiul de argumente – că o să fiu ca muncitorul în fabrică, doar că banda de producție e alta și salopeta arată altfel, că n-o să mă suport cu colegii, că o să fac o muncă lipsită de sens. Asta era diferența dintre noi, munca lui avea sens, dar a mea nu. Pentru că eu îi mărturisisem că nu mi-am găsit niciodată locul în niciunul dintre joburi. Mi-a zis să fac ceva creativ, că-mi dă el bani să-mi deschid o afacere. „Cu mărțișoare sau cu ce?", am întrebat. Am râs cu spume.

Începeau certurile, tot mai multe.

Până la el fusesem o persoană pașnică, dar probabil că aveam senzația asta și pentru că vreo câțiva ani înainte de relația asta fusesem singură. Când ești singur ești cea mai bună versiune a ta, cea pe care ți-o dorești. Când apar oameni, încep să scoată șerpii din tine, îi simți cum îți ies din cap. Victor mă transforma în altceva. Aveam niște discuții atât de absurde uneori, în care el mi se părea foarte departe de lumea asta în care mă aflam și eu. Și nu pricepeam cum de e posibil SĂ NU MĂ ÎNȚELEAGĂ, iar chestia asta cumva tot împotriva mea o întorceam. Pentru că de-asta eram cu el, fiindcă-mi plăcea cum vorbim și-mi plăcea când simțeam că mă cunoaște profund. Dar această oglindă numită Victor, în care la început mă văzusem nespus de frumoasă și isteață, începuse să se distorsioneze. Sau să mă distorsioneze pe mine.

Chimia fantastică dintre noi a rămas totuși pe tot parcursul relației. Dacă l-aș vedea acum, cred că m-aș teme în continuare de ea, sunt în pericol de recidivă, încă n-a trecut. Cu atât mai periculoasă cu cât mi-e imposibil să mi-o explic.

L-am convins atunci în cele din urmă să mă ducă la interviu.

În seara aia am dormit separat, eu jos, pe canapea, am ațipit doar vreo oră.

M-am trezit cu fața șifonată și obosită. Victor a tras de timp o grămadă și mă gândeam că o face special.

El nu avea program fix, putea să vină și să plece oricând, avea și multe întâlniri în oraș, iar la birou nu-i ținea nimeni socoteala când vine și când pleacă, așa că pentru el nu era important să ajungă la nouă. Dar pentru mine da.

Aveam o stare de spirit proastă, abia am vorbit cu el.

La intrarea în București a făcut pană. Era 8:40.

Am sunat-o pe tipa cu care programasem interviul, dar nu mi-a răspuns, așa că i-am lăsat un mesaj vocal. M-am scuzat și i-am spus că nu mai ajung. Nu mi-am exprimat dorința de a reprograma și nici ea nu m-a mai sunat înapoi.

În seara aia Andrada și Bogdan au venit pe la noi și a fost prima seară în care m-am îmbătat până n-am mai știut de mine. Bogdan îmi tot punea sub nas shoturi de tequila, pe care le-am amestecat cu multe altele. Îmi amintesc doar că la un moment dat au vrut să mă mute undeva, să mă ducă sus poate, și m-au apucat amândoi, Victor de picioare și Bogdan de mâini. Am simțit cum mi le scoate din încheieturi și am țipat, apoi și-a trecut brațele pe sub brațele mele și m-a apucat cumva că m-a strâns de sâni, ceea ce probabil că nu era necesar.

Au urmat vreo trei sau patru luni din care-mi amintesc foarte puține lucruri și nu-mi dau seama de ce. Poate din cauza băuturii sau poate pentru că pur și simplu viața mea era atât de încremenită, încât nici nu s-a întâmplat nimic. Ce-mi amintesc sunt câteva episoade din care am rămas, mai mult decât orice, cu umilința că am pierdut complet controlul, că trebuia să fiu manevrată de alte persoane ca să mă pot mișca sau că zăceam pe podeaua băii cu gustul acru de vomă în gât, în timp ce casa se învârtea ca o centrifugă atât de puternică, încât crea gravitație.

N-aș spune totuși c-am fost dependentă în perioada asta, n-a durat atât de mult, plus că eram pe undeva convinsă că vreun organ de sub coaste va da semnale dureroase și mă va forța la un moment dat să încetez și să mă trezesc. În lunile alea Andrada și Bogdan au fost foarte prezenți în casa noastră. Nu știu de ce mai ales atunci, și nu și în restul timpului, probabil că în rest nu era așa distractiv la noi, poate avea legătură cu mine sau poate nu. Câteodată se luau la ceartă la noi, iar Victor trebuia să-l trimită acasă pe Bogdan. Andrada rămânea până a doua zi, dormea pe canapea sau sus, pe divanul meu, iar dimineața se ducea înapoi pășind peste gărdutul din grădină ca și când nu s-ar fi întâmplat nimic, doar ar fi venit până la mine să ceară o cană de zahăr și se întorcea cu zahărul acasă.

Am fost prieteni la cataramă și ne-am trăit viața, cred că asta a fost, deși a fost scurt și nu mai țin minte nimic. Dar nu pot să zic că n-am trăit.

Cu asta am rămas.

Cu gustul vag că ne-am trăit viața, că am făcut-o și pe-asta.

Aprovizionarea cu alcool o făcea Victor. Era bucuros că bem împreună, era din categoria „când o să te faci și tu mare“. Adică eu mă făcusem mare. Intrasem în jocul ăsta. Uneori ne mai nimeream la cumpărături împreună și, când luam sticlele cu mâna mea să le pun în căruț, ne aruncam priviri pline de subînțeles, era ceva erotic în complicitatea asta pentru exces.

Făcusem o pasiune pentru Cointreau, o băutură extrasă din coji de portocale fermentate, ceva de femei, dar tot de patruzeci de grade, ca și whisky-ul lui. Erau momentele în care simțeam că suntem egali, mă simțeam capabilă să fiu și eu șmecheră ca el, dar de fapt nu eram. El putea controla cât și cum bea, astfel încât să se simtă bine, dar să nu i se facă rău și nici creierul primitiv să nu-l trădeze prea mult. Avea antrenament mult mai îndelungat decât mine și rezista la cantități mult mai mari, pe care știa să le dozeze pe parcursul unei seri. Eu mă repezeam și mă îmbătam repede și pentru mine distracția dura puțin.

Când ne îmbătam, râdeam mult. „Ești suflet din sufletul meu“, mi-a zis el după ce-am plecat de acasă a doua oară și a vrut să mă aducă iar înapoi. Era adevărat, dar numai în momentele alea de beție. Atunci eram la fel, cu sufletul și cu toate, nu mai existau bariere între noi. Umblam dezbrăcați, ne exploram corpurile, încercam tot felul de fantezii idioate care nu ne ieșeau și atunci râdeam și mai tare. Dar asta era o realitate virtuală, care cerea un preț de acces destul de mare.

În timpul zilei eram deprimată. Îmi era dor de ceva sau cineva sau de tot sau de toată lumea, un dor cumplit de dureros pentru care nu exista nicio soluție. Uram casa. Zgomotele pe care le scoteau electrocasnicele, zgomotele de afară. Tresăream la toate și le uram. Devenise totul foarte greu de dus și nu înțelegeam de ce, fiindcă în teorie eram protejată, eram ferită de restul lumii, iar lumea, prin intruziunile ei, îmi dădea semnale că e un loc ostil.

Mi-am dat seama că sunt semne de singurătate cruntă. Cu părinții vorbeam rar și nu ne spuneam mare lucru, mai degrabă ne verificam dacă mai suntem în viață și funcționali. Eu le ziceam întotdeauna că sunt bine, că am tot ce-mi trebuie. Îmi intrase în cap că singura mea șansă era să mă duc la interviuri și să-mi găsesc de lucru, dar nu mă puteam concentra nici cât să deschid un anunț și să trimit un mail.

În cele din urmă, organul de sub coastă, conștiincios, a început să trimită semnale că ceva nu e în regulă și că treaba asta cu autodistrugerea nu mi se potrivește. Era mișto să-ți faci rău, dar corpul meu, cu o minte a lui, mi-a zis că nu e pentru noi. Într-o noapte, Victor m-a dus la spital, mă apucase o durere ascuțită, nouă, pe care n-o recunoșteam. Era băut și el, așa că a chemat un taxi. Cred că i-a fost rușine cu mine.

După aia mi-a zis și el că trebuie să încetăm, că nu e OK faza asta în care am intrat amândoi, deși el părea întotdeauna funcțional, problema era cu mine.

Dacă o s-o iau de la capăt peste zece ani, povestea asta o să fie mult mai scurtă și dacă o s-o iau de la capăt peste douăzeci, o să fie ca o intrare din aia de CV – un rând sau două care să explice unde eram și ce făceam între anul cutare și anul cutare.

Tot ce contează acum e să nu ne mai întâlnim.

Într-o zi mi-a adus un cățel de vreo două luni. Un maidanez de talie mică, salvat de cineva de pe stradă. Găsise un anunț.

— Absoarbe tristețea, mi-a zis.

Câinele avea o zgardă cu un oscior metalic cu numărul meu de telefon și o geacă pentru câini pe care era cusută o etichetă textilă cu același număr. Părea că numărul e numele lui într-un univers al roboților. Geaca era cam mare pentru el, dar în curând avea să-i vină numai bine, fără îndoială. Zgarda am lăsat-o deoparte multă vreme, mi se părea că osciorul e prea greu și-l sugrumă.

— N-am avut niciodată câine, a zis Victor.

Poate că-și împlinea acum o dorință din copilărie, dar totuși nu până la capăt, fiindcă, atunci când am discutat chestiunea microcipului, ne-am dat seama că niciunul dintre noi nu voia pe deplin responsabilitatea. A rămas că ne decidem după ce cunoaștem câinele mai bine.

I-am pus numele Muchi.

Care trebuia să fie Mickey, scris pe românește, doar că am tastat *u* în loc de *i* când i-am scris lui Victor și a ieșit simpatic și a rămas așa. Mickey de la Mickey Mouse, fiindcă mi se părea că zâmbește ca el, dar cred că a fost o halucinație, fiindcă Muchi a ajuns un vulpoi rânjit care n-ar fi putut avea sub nicio formă nimic în comun cu personajul din desenul animat.

Era un izvor de energie bună și cât a fost mic era atât de bleg, încât se scăpa pe el când se bucura să mă vadă. Avea culcușul lui de pluș într-un colț al livingului și dimineața, când mă vedea coborând, țopăia și se pișa pe el și eu plângeam ca proasta, copleșită de bucuria lui, și eram așa, doi proști.

Uneori urla când îmi suna telefonul, dar un urlet fin și ezitant, ridica botul și băga o jale mică, uitându-se în același timp la mine să vadă dacă-i dau voie. În scurt timp am schimbat tonul de apel al telefonului și a rămas doar cu sirenele, care la noi în cartier se auzeau foarte rar.

Muchi era un câine fenomenal pentru că stătea acolo unde-l puneai atunci când îl luai în pat cu tine. Știa că-l pui unde te doare și că rolul lui era să absoarbă tristețea. Nu-l țineam prea aproape de față, fiindcă nu-mi plăcea respirația lui și nici nu voiam să mă lingă. Stătea de obicei în dreapta mea, la coaste, sau mai jos, pe picioare. Îi simțeam corpul lipit de al meu și din el urca și în mine o liniște caldă.

Mama m-a sunat să mă întrebe dacă m-am mai gândit la problema cu banii de la bancă. Trecuseră niște luni bune de la discuția noastră, o perioadă proastă pentru mine, în care nu mă gândisem mai deloc la tema asta. De fapt uitasem complet.

M-a apucat migrena.

Dar m-am decis într-o zi să mai merg pe la tata.

Am stabilit să ne întâlnim la cabinet, la sugestia lui. Mi-a spus că vrea să se uite prin lucruri, fiindcă își găsise în sfârșit cumpărător.

Cabinetul era într-o clădire rămasă de pe vremuri, care fusese dintotdeauna policlinică. Se afla la capătul unui labirint de coridoare întunecate și reci. Încă de la intrare, locul avea ceva funebru. În holul principal, pe panoul cu dispunerea cabinetelor, încă mai erau numele lui tata, specializarea și numărul de pe ușa la care poate fi găsit.

— Capăt, stânga, capăt, dreapta, mi-a zis la telefon, cum îmi zicea de fiecare dată când mă chema la cabinet, deși știam foarte bine cum să-l găsesc.

Știam în care colț se află.

Acolo e atât de frig încât îți îngheață sufletul în tine, indiferent de anotimp.

Între cabinete erau înșirate scaune, pe care așteptau oameni. Ajunsesem mai devreme, așa că m-am așezat și eu să-l aștept.

— Cine e ultima persoană? a întrebat la un moment dat o femeie, iar o alta a făcut semn către mine și a zis:

— Doamna. Sau domnișoara.

— Nu, eu aștept la cardiologie, am spus și am arătat către ușa încuiată a cabinetului. Aștept să vină domnul doctor.

Ceva din dialogul ăsta m-a făcut să fiu recunoscătoare că sunt sănătoasă. Ceva din locul ăla, de asemenea. Și m-am bucurat că viața mea profesională nu mă obligă să merg zilnic în astfel de locuri, până la vârsta mea aș fi fost probabil deja stoarsă emoțional. Sau aș fi avut sufletul zgrunțuros și cenușiu ca pielea de elefant.

Tata a ajuns după câteva minute și am intrat după el cu aerul că fac ceva greșit, că domnul doctor mă bagă prima și sar rândul, deși pe el nu-l mai aștepta nimeni altcineva.

Era îngrozitor de slab, adus de spate, cu ochii duși în fundul capului, abia l-am recunoscut. Avea pe el o geacă decolorată pe care n-o știam, părea c-o primise de pomană. Nu ne mai văzuserăm de vreo patru luni, de obicei nu aveam pauze atât de mari, iar faptul că trecuse mult timp făcea diferențele fizice surprinzătoare. Cu toate astea, el a fost primul care a vorbit și mi-a zis că am cearcăne.

— Și tu ai cearcăne, i-am zis.

— Mi-e greu să adorm noaptea.

— Mai bei cafea?

— Nu mai beau deloc, a zis. Nu mai vreau să mă agit.

Cred că atunci am devenit conștientă că îmbătrânește. Că părinții mei îmbătrânesc și că la un moment dat n-o să mai fie. Mi-am dat seama că sunt foarte multe lucruri pe care le-am făcut greșit în relația noastră și că nu mai am nicio șansă de a mă întoarce să le fac altfel. Aș fi vrut să fiu mai prezentă, dar n-am știut cum. Să fiu mai aproape de ei, poate aș fi putut să le salvez relația, să fac ceva ca lucrurile să meargă între ei. Să conjur o iubire pentru ei doi. Sau pentru noi trei. Mi-am dat seama c-o să-l pierd pe tata, deocamdată nu fizic, ci mental, pentru că el intrase într-o lume care mie îmi era din ce în ce mai inaccesibilă. Ne îndepărtam cu o viteză exponențială. Îmi era foarte dor de el și nu știam ce să fac.

M-am întins pe patul pacientului.

A început să-mi spună despre cum ar vrea să trimită o mărturie către Sfântul Efrem cel Nou. Cărticelele din colecția lui se deschideau toate cu îndemnul de a trimite mărturii despre ajutorul primit de la sfânt la o adresă de mail: marturii@efrem.ro.

— Nu cred, am zis.

— Ce nu crezi?

Am stat să mă gândesc ce nu cred.

— Nu cred nimic. Nu știu, e prea de oameni.

— Și cum ar trebui să fie?

— Dar ce mărturie ai tu? Ce minune ți-a făcut?

— Nu e vorba de minune, ci de ajutor. Vreau să-mi adun cuvintele și să trimit și eu o mărturie.

— Cui o trimiți? Pentru ce?

— Pentru sfânt.

Am făcut un gest disperat cu mâinile în sus.

— Tata, pe bune, câteodată parcă nici nu te mai cunosc. Nu știu cine ești.

N-a zis nimic.

— Bine, să-mi dai și mie să citesc mărturia, când o fi.

— Nu mai sta așa, te rog. Ridică-te. Măcar stai în capul oaselor.

— De ce? am zis și mi-am împreunat mâinile pe piept ca mortul.

Am tăcut amândoi o vreme.

— Ce semeni cu Luiza, a spus.

După aia cred că i-a părut rău.

M-am ridicat.

— Poți să vorbești despre ea, am zis.

Nu mai era nicio miză și nu mai conta pentru nimeni, în afară de el. Poate că ar fi fost cazul să înceapă să articuleze această poveste care fusese relația lui cu Luiza și să-și pună și el gândurile în ordine. Eram dispusă să-l ascult, ca o fată urâtă.

— Era inteligentă și știa foarte bine ce i se întâmplă, a zis. E foarte trist într-o situație din asta să vezi că omul înțelege ce i se întâmplă. Dar în ultimele zile, cum era așa, pe morfină, parcă dintr-odată pusese stăpânire pe ea demonul speranței. Devenise alt om. Spera că scapă.

— Dar tu ești obișnuit cu moartea, nu?

— Nu chiar. Nu prea am văzut pacienți murind. Mor în alte părți ale spitalului.

— Dar știi că moartea e acolo.

— Da. Știi că e acolo și numai trecând pe lângă spital, când vezi câte pompe funebre sunt.

Am coborât de pe pat și m-am așezat în fața lui, pe scaun.

— Și cu mama?

— Ce-i cu maică-ta?

— Ai iubit-o?

— Ne-am simțit bine o vreme la început.

— Dar ai iubit-o?

A oftat.

— Îți zic un lucru. Ca să știi pentru tine. Să nu pici în plasa asta cu iubirea. Să te folosești de ea ca să justifici niște decizii proaste. Într-o căsnicie, e unul dintre multele ingrediente, dar nu singurul și nici măcar cel mai important.

— Asta e părerea ta.

— Tu n-ai cum să înțelegi, pentru că ești copil.

— Nu sunt copil, mi se întâmplă și mie rahaturi.

— Ești copilul nostru, adică, n-ai cum să te detașezi.

— Zi odată dacă ai iubit-o sau nu! am strigat.

— Căsnicia cu mama ta, a zis într-un târziu, a fost o închisoare din care n-am știut să ies.

— Du-te naibii de golan, i-am spus.

Am plecat furioasă. Am petrecut câteva ore prin oraș, m-am plimbat, am stat singură la o terasă într-o curte interioară și m-am simțit turistă. Parcă nu mai recunoșteam orașul. Nu mai ieșisem de foarte mult timp.

Într-un târziu, l-am sunat pe tata să-mi cer scuze, dar nu mi-a răspuns.

I-am lăsat un mesaj, apoi un alt mesaj că mă îndrept spre apartamentul lui.

Când am sunat la interfon, o voce nouă și stranie a scos un *daaa?* lung și interogator. Mi-am spus numele și ușa de la intrarea în bloc s-a deschis.

Era descuiat și am intrat în apartament, unde m-a întâmpinat în hol un călugăr foarte tânăr, stânjenit că l-am prins acolo. Cred că știa cine sunt, probabil recunoscuse numele.

— E la baie... a zis el și a făcut un semn cu mâna către dreapta, să-mi arate încotro e baia.

L-am urmat în living, unde pe măsuța din fața canapelei era o cutie de carton mare, în care mai rămăseseră două felii de pizza cu salam.

— Vrei? m-a întrebat.

— Nu, mulțumesc, azi e vineri.

Venisem cu gânduri de pace, dar mi se urcase iar sângele la cap.

— Nu știu cine sunteți, i-am zis.

— Eu sunt fratele Policarp, a spus.

Casa era și mai goală decât ultima dată când fusesem pe acolo. Lipseau toate cărțile și lucrurile din biblioteca din sufragerie, haine din dulapuri și aproape toate plantele de apartament – mai era doar cea mai mare dintre ele, un ficus uriaș, într-un ciubăr greu de lemn.

Tata a apărut de la baie proaspăt bărbierit. S-a luminat la față când m-a văzut.

Aș vrea să am puterea asta asupra lui tot restul vieții, să se lumineze la față când mă vede, m-am gândit. Să ne rămână măcar asta.

I-am zis că vreau să vorbim separat. Fratele Policarp nu-și găsea locul, se foia de colo colo în picioare și nu îndrăznea să se așeze.

Ne-am dus în camera de studiu a lui tata, care până nu demult fusese plină de icoane pe toți pereții. Acum nu mai erau decât trei, grupate într-un colț, cea mai mare dintre ele fiind a Sfântului Efrem cel Nou.

I-am zis că-mi pare rău pentru ce-am zis de dimineață și că-mi cer iertare.

— Nu-ți cere tu iertare de la mine, a spus. Poți să spui ce ai pe suflet. Ai dreptate. O să accept tot.

M-a apucat din nou furia pe fața lui de martir.

— Tata, unde sunt lucrurile din casă?

Am deschis dulapul în care rămăseseră cele câteva obiecte pe care le păstrasem din copilărie și care nu mai erau acolo.

— Și diafilmele mele și casetele?

— Păi, nu le mai foloseai oricum, nu?

— Lucrurile alea însemnau ceva pentru mine, era important că sunt aici. Erau ale mele!

— De ce să ținem lucruri care nu ne trebuie? a întrebat.

— Le-ai aruncat?

— Le-am dat.

— Și cui îi trebuiau?

N-a mai zis nimic.

— Cine e băiatul ăsta de dincolo?

Am ieșit din cameră și m-am dus din nou în sufragerie. Băiatul s-a ridicat de pe canapea când m-a văzut.

— Cine ziceați că sunteți? am întrebat un pic mai tare.

Tremuram de nervi. Nu voiam ca familia noastră să dea semnale că tata e singur și neajutorat și că poate să profite oricine de el. Tata nu era singur.

— Mă numesc fratele Policarp, a zis. Putem să ne tutuim.

— Nu m-am mai tutuit niciodată cu un călugăr, i-am zis. Ce nume e ăsta, Policarp, e ortodox?

Tata m-a luat de braț să mă trag deoparte.

— De unde sunteți? Cine v-a făcut călugăr?

— Maria...

— Sunt de la Mănăstirea Sfânta Xenia, din județul Călărași, a spus el.

— Sfânta Xenia? am întrebat. Există?

Am scos telefonul să caut pe internet.

— Da, există, a zis tata.

Nu se încărca nimic, nu mai era WiFi.

— Nu mai ai internet? am întrebat.

Am trecut pe date mobile și am încercat din nou.

— Nu există nicio Sfânta Xenia, nu văd.

— Maria. Nu contează.

— El locuiește aici? am zis.

— M-ajută, a spus tata.

— Cu ce te-ajută?

— M-ajută la cumpărături.

Am făcut ochii mari.

— La cumpărături...

— Te rog să pleci, a spus tata.

Mi-a deschis ușa de la intrare.

Aș fi preferat să mă bată sau să mă ia de păr sau să-mi facă altceva, orice numai asta nu, fiindcă gestul lui indica faptul că nu am niciun drept să mă aflu acolo, pe teritoriul lui, și să am păreri despre cum își duce viața. Ușa aceea deschisă a fost dorința lui de a mă exclude, pe care am simțit-o fizic, în gât. Îmi era greu să mai respir.

Ce înseamnă să iubești un sfânt? se întreabă cărțile. Înseamnă nu numai să-i închini rugăciuni și să-i slăvești icoana, ci și să iei viața lui ca model. Apostolul Pavel spune: „Vă rog să-mi fiți mie urmăritori, precum și eu lui Hristos", dar nu toți au charisma lui Hristos și poate nici noi, ceilalți, nu suntem capabili de o gândire atât de abstractă, încât să extragem esențialul și să-l adaptăm la viețile noastre.

Îmi imaginez că de asta ai nevoie ca să crezi.

Sfânta Xenia din Sankt-Petersburg, ocrotitoarea familiei, îți oferă sprijin în căsătorie sau te ajută dacă vrei mașină sau apartament.

Sunt prea de oameni lucrurile astea, mă gândeam răsfoind cartea găsită la tata, și totuși nu știu cum ar trebui să fie ca să cred în ele. Cu ce ar trebui să mă ajute un sfânt ca să-l iau în serios, cât de neverosimil ar trebui să fie ceea ce-mi promite ca să consider această promisiune un ideal și împlinirea ei o minune?

Oricât de absurdă ar fi căutarea adevărului, ea nu încetează să ne frământe toată viața. De la aventura secretă a partenerului și până la existența lui Dumnezeu, de unde vine neliniștea dacă nu din neputința de a lăsa naibii adevărul?

Sfânta Xenia, spune autorul nenumit al scurtei sale biografii, a trăit cândva în secolul al XVIII-lea. A rămas văduvă la douăzeci și șase de ani, iar soțul său, militar, a murit nepregătit. La înmormântarea lui, ea a apărut îmbrăcată în hainele lui militare și a spus că cea care a murit e Xenia, iar persoana care stătea acolo lângă mormânt era de fapt el.

A continuat să trăiască închipuindu-și că ea este el pentru a termina lucrarea mântuirii lui, spune cartea sau Biserica sau cine o fi spunând. A devenit sfântă atunci când iubirea a ajuns mai puternică decât moartea. Oamenii din jur o credeau nebună.

Apoi au început să-și bată joc de ea.

Să-i arunce monede mici.

„Nu se știe cum s-a întâmplat", recunoaște autorul invizibil, dar oamenii au început să vadă în această nebună o femeie binecuvântată, să-i atribuie profeții. Noaptea se ducea pe câmp și vorbea cu Dumnezeu, iar acesta i-a dat darul înainte-vederii. Ghicea viitorul.

Pierderea soțului a înnebunit-o, iar nebunia asta a făcut-o sfântă în ochii semenilor ei. Pentru că-și imaginau probabil că vine din prea multă durere, care vine din prea multă iubire.

Iată cum pierderea bărbatului te poate face sfântă.

Victor începuse să-mi împărtășească mai multe din viața lui de la birou. Se petreceau niște schimbări acolo, firma a fuzionat cu o alta și urma să aibă o directoare nouă.

— Vreo patrușcinci plus, amazoană, așa, se îmbracă destul de strâmt. Îi place roșul.

„A dracului rău", a mai zis, după ce mi-a explicat în detaliu cum arată. Noua directoare a venit cu capsa pusă pe toată echipa, cu celelalte femei se purta execrabil. Victor era singurul bărbat.

— Nu știu ce șanse am s-o duc bine acolo, mi-a spus într-o seară, acasă. Cred că va trebui să-i devin amant.

A zis-o ca și când ar fi spus că trebuia să-i care cumpărăturile din când în când.

Mi s-au încins urechile, ne-am certat, iar el mi-a zis din nou ce-mi mai spusese și altă dată: „Când o să te faci și tu mare, o să înveți să apreciezi ce avem noi".

— Bănuiesc că preferi să știi decât să nu știi, nu? m-a întrebat. Nu înțeleg de ce te deranjează, atâta vreme cât nu te mint.

— Și eu nu înțeleg de ce nu ți se pare greșit. Sau măcar scârbos.

Eram jos, pe covor, stând turcește, pentru că voiam să caut ceva în laptopul de pe măsuța de cafea când a început discuția. A coborât și el de pe canapea și s-a așezat în fund lângă mine. M-a luat în brațe și m-a strâns tare și, sufocată acolo, în tricoul lui, muream de ciudă că mă consolează pentru această durere, de parcă s-ar fi abătut asupra mea de nicăieri, nu de la el.

Aveam o relație granulată, abrazivă, nimic nu era lin și neted și nu știu dacă lin era ceva ce mi-aș fi dorit. Oare ce durere îi provocam eu lui? Din ce venea furia lui legată de mine, dacă venea?

— Nu vreau să te culci cu ea, am zis.

— Ar fi doar o negociere a puterii și doar acolo, a spus el.

— Puterea cui?

— Și a mea, și a ei.

— Dar de ce e ăsta primul lucru care ți-a venit în minte?

— Nu e primul lucru.

— Și dacă aș fi fost eu în situația asta? Ce-ai fi crezut despre mine?

— Tu ești prea slabă ca să fii în situația asta, a zis zâmbind. Ceea ce e foarte bine.

A vrut să mă pupe, dar m-am ferit și m-am ridicat.

— Lasă-mă în pace, că m-ai umplut de draci.

— Îmi pare rău, a zis. Anunță-mă când îți trece.

M-am așezat pe canapea, iar el a schimbat albumul pe care-l ascultam în aplicația de *streaming*.

— Tre' să-ți iau alt laptop, că ăsta e prea greoi.

— Nu-mi trebuie altul, e bun ăsta.

— Bine, să te gândești ce ți-ar plăcea.

S-a ridicat de pe jos ca să-și pună ceva de băut.

— Victor... vreau să mergi cu mine la tata să iau un ficus.

Dacă aș fi vrut să mai iau ceva de acolo, nu mai aveam ce să iau decât ficusul.

Muchi lătra la ușa de sticlă care dădea înspre grădină și am crezut că trece Bubu pe cărare, fiindcă așa se întâmpla cu Muchi când îl simțea în preajmă – devenea agitat. Dar de data asta era un pic diferit, de data asta era fioros, dacă se poate spune astfel despre Muchi.

Am ieșit afară să văd ce se întâmplă.

În curtea vecinilor din dreapta noastră se auzeau țipete și zburătăcit de păsări.

— Mă faci să plâng, mamă! a strigat un bărbat cu disperare, de parcă ar fi vrut să spună ceva mult mai urât de-atât.

Era vecinul din dreapta noastră, Radu.

Între noi era un gard înalt cam de un metru și jumătate, din scânduri orizontale cu spațiu între ele, așa încât se vedea ușor în curtea de alături. Știam că soția lui, Oana, e însărcinată cu gemeni și de vreo două luni stătea la pat, termenul era foarte aproape. Femeia de lângă el probabil că era maică-sa.

Pe jos, pe gazonul proaspăt stropit de aspersoare, se zbăteau doi cocoși mari, cu picioarele legate cu sfoară. Am văzut în curte o buturugă ornamentală, luată de pe la vreun magazin de bricolaj, și un topor nou-nouț.

— De ce i-ai zis lu' ăla să ți-i aducă nu știu.

— Că ai fost de acord să-i tai tu, a zis femeia.

— M-ai presat și de-aia am fost de acord, avem ce mânca.

— Dacă ți-i țin eu?

— Păi, nu poți să-i ții, asta e. Și nici eu nu pot să-i tai.

— Ai zis că poți.

— Ai insistat să-i aduci și am zis bine.

M-au văzut în curte.

— Scuze, a zis Radu, sper că nu te-am trezit cu tămbălăul.

— A, nu, nu știam de ce latră Muchi, de-aia am ieșit.

— Ea e mama.

Am zâmbit către ea, iar ea s-a apropiat de gard și m-a întrebat:

— Nu știți aici, pe stradă, un bărbat care taie păsări?

Am dat din cap că nu și m-am dus înapoi în casă. Nici nu știu de când nu mă mai gândisem măcar că păsările trebuie tăiate pentru a fi mâncate.

M-am simțit vinovată că mănânc carne și m-am gândit că poate ar trebui să nu mai mănânc.

Buturuga aceea lăcuită și dată cu un fel de zăpadă artificială m-a indispus complet.

Nu fusesem niciodată martoră la sacrificarea unui animal.

— Dacă oamenii n-ar consuma carne, în primul rând aceste vieți nici n-ar exista, a zis Victor a doua zi, în mașină, când ne duceam să luăm ficusul. Ele există pentru că oamenii le mănâncă.

— E mai bine să nu existe deloc decât să ducă o viață chinuită, nu? Și să sfârșească așa barbar.

În ziua precedentă, după-amiază, doamna Zainea a sunat la poartă și s-a prezentat în fața mea cu un chec. A început să-mi povestească de casa ei de la țară, din județul Ialomița, unde mai avea patru găini și doi cocoși când copiii au rugat-o să stea la ei o vreme, să-i ajute după ce naște Oana gemenii. Găinile i le-a tăiat un vecin din sat și le-a mâncat ea pe rând, dar n-a apucat să mai mănânce și cocoșii. I-a lăsat la urmă că erau frumoși. Dar s-a apropiat ziua în care a trebuit să vină aici, cocoșii i-a lăsat acolo fiindcă era indecisă ce să facă cu ei, dar și-a dat seama că n-are cum să facă naveta doar ca să vadă de ei, așa că a rugat pe cineva din sat să-i aducă. I-a vrut vii, ca să-i poată opări imediat după tăiere.

Până la urmă Radu le tăiase capetele, după care și-a luat echipamentul și s-a dus la sala de fitness, să-i treacă depresia.

Oana urmărise pe geam scena și făcuse o criză de nervi, că s-a umplut curtea de sânge și că e semn rău cu o zi înainte să nască.

— Oricum e cezariană, a zis doamna Zainea. I-e frică de sânge, eu ce să-i fac? Și mie mi-e frică de copii, eu nu pun mâna pe ei. Mi-e frică să nu-i scap. Și cu Radu muream de frică. Se zice că ai instincte, c-o să știi cum se face, uite că eu n-am avut. Cât a fost mic de tot, de-i cădea capul într-o parte, am fost terorizată. Ei m-au chemat să-i ajut cu copiii, dar n-o să pun mâna pe ei, că nu mai știu. Am uitat. Nu mai vreau. O să gătesc, o să fac curat...

Stăteam amândouă în poartă, eu aveam checul în mână și zâmbeam. Știam că, dacă o chem înăuntru, discuția nu se mai termină niciodată.

Nu știu dacă așa era ea de obicei sau doar era dornică să vorbească. În satul din Ialomița locuia singură de trei ani, de când îi murise bărbatul. Casa era o moștenire de la părinții ei și se mutaseră acolo când ea și soțul au ieșit la pensie. Și-au vândut apartamentul și s-au retras la țară, pentru o viață mai liniștită, dar se întreba dacă fusese o idee bună, fiindcă era tot mai greu să întrețină gospodăria. Radu făcuse aluzii vagi de vreo două ori să vină să stea cu ei, dar nu fusese convingător și parcă nici ea n-avea tragere de inimă.

— Probabil că nevesti-sii nu i-ar pica bine, nici mie nu mi-ar plăcea să stau cu soacră-mea, să mă observe, mi-a zis. N-aș face altceva, nu s-ar împiedica de mine, nu i-aș certa, dar aș observa, știi? Că eu mă cunosc pe mine. Nu pot să mă prefac că nu observ.

Urma să stea două luni, apoi să schimbe cu mama Oanei.

Cu Radu și Oana nu comunicam prea mult, doar ne salutam când ne mai vedeam prin curte. Ei erau deja instalați acolo când s-a mutat Victor. Aveam aceeași grădinari, tată și fiu, care veneau și la ei, și la noi, și la Bogdan. Noi și Bogdan aveam flori și arbuști în curte, grădina se cerea întreținută, iar pe „Doru și fiul", cum își spuneau și ei ironic, îi chemam din când în când, nu veneau regulat. Radu n-avea decât gazon în curte, dar la el veneau mai des, adunau rahații câinelui și tundeau iarba cu aparate zgomotoase. Câinele era un Golden Retriever, care locuia într-unul din cele două garaje, unde avea o canapea și un televizor care mergea non-stop pe Animal Planet. Știa să închidă și să deschidă singur ușa cu senzor. Iar pe Muchi reușea să-l ignore cu desăvârșire.

Doamna Zainea mi-a spus s-o strig la gard după ce mâncăm checul și să-i spun cum a fost.

— Ți-ai găsit o prietenă, a zis Victor râzând în mașină, în drum spre apartamentul lui tata.

Îi trimisesem un mesaj că venim să luăm ficusul, iar el mi-a răspuns că nu va fi acasă, o să ne deschidă „băiatul".

Ce treabă avea el, de ce era plecat?

Avea treaba să nu-mi vadă mie fața.

Când băiatul ne-a deschis ușa, Victor a intrat primul și n-a simțit nevoia să se prezinte. A dat o tură prin apartament, autoritar, și a scos un șuierat de uimire. Casa era goală, întunecată. El mai fusese aici doar o singură dată, când l-am prezentat părinților. Ne mai întâlniserăm cu toții în oraș de câteva ori și o dată în Corbeanca.

— Cum te cheamă? l-am întrebat pe băiat.

— Fratele Policarp...

— Nu, pe bune, cum te cheamă?

— Mihai, a zis.

— Așa. Mihai.

Straiul de călugăr îi atârna pe sârma de pe balcon, iar el era îmbrăcat cu pantaloni de trening și un tricou pe care l-am recunoscut ca fiind al tatei. Avea barba tunsă și părul prins la spate.

— Să știi că pe Sfânta Xenia am citit-o și eu, i-am zis.

Probabil că fusese și pentru el o lectură proaspătă și de-asta a fost primul nume care i-a venit în minte când l-am întrebat de la ce mănăstire vine.

— Eu chiar am crescut pe lângă biserică, a spus el. La orfelinat.

— Cum l-ai cunoscut pe tata?

— La Unirii.

— Unde la Unirii?

— În fața la magazin. Stăteam acolo și spuneam rugăciuni. Adică citeam. Cu capul în jos.

Pe masa de cafea din sufragerie erau liste cu nume, scrise de mână. M-am aplecat să mă uit la ele. Una începea cu numele noastre, Maria și Victor, dar n-am mai recunoscut și numele celelalte.

— Pentru acatiste, a zis el, eu le-am scris. Le-am pus pe vârste. Aici sunt tinerii. Viii. Asta e pentru vii.

— Mergem? a întrebat Victor, care apăruse în spatele meu.

— El e Victor, am zis către Mihai.

— Nu știu cum o să încapă, a zis Victor, uitându-se către ficusul de lângă fereastră. Hai să vedem.

Ciubărul avea două mânere metalice și am apucat fiecare de câte unul. Era îngrozitor de greu. Și mânerul prea îngust ca să poată fi apucat cu două mâini.

— V-ajut? a întrebat băiatul.

M-am dat la o parte și au ridicat ei doi planta, care a lăsat în urmă o dâră de pământ. Ciubărul era putrezit pe fund.

Am luat niște saci de gunoi din bucătărie, ca să nu murdărim mașina, și am coborât după ei. A trebuit să pliem bancheta din spate, dar, chiar și așa, ficusul a stat îndoit și tensionat și până acasă s-a rupt de la jumătatea tulpinii.

Îl luasem ca să-l distrug.

Ficusul era aproape de o vârstă cu mine.

Doamna Zainea mă pândea la gard. Cine știe cât a stat acolo așteptând să ies să duc gunoiul la pubelă, nu înțelegeam de ce nu sunase pur și simplu la poartă. Dar poate că a da farfuria peste gard era mai intim decât a suna la poartă cu ea în mână.

Momentul a fost straniu pentru mine.

Voia să dea de pomană pentru soțul ei, care împlinea trei ani, după cum mi-a zis. Am avut nevoie de câteva secunde ca să-mi dau seama că se referea la o comemorare.

În farfurie avea pilaf de pasăre, cu o pulpă plină de tuleie, care nu fusese jumulită bine. Tot pe farfurie era o lumânare de ceară, cu fitilul ars.

— Asta trebuia să fie aprinsă, dar v-o dau așa. Să fie de sufletul lui Oprică, a spus ea.

Nu-mi era clar dacă îmi dă și farfuria sau trebuia s-o restitui, nu voiam să alimentez această prietenie.

— Sunteți credincioasă? m-a întrebat.

— Nu chiar. Tatăl meu e.

— Dar măcar un pic tot credeți, nu?

— Mai citesc cărți religioase.

— Foarte bine, citiți acum, cât sunteți tânără și aveți răbdare, a zis.

Am intrat în casă cu farfuria, atentă să nu calc pe Muchi, ca de fiecare dată când intram în casă cu ceva în mână. Am lăsat-o pe blatul de la bucătărie. După câteva minute, la ușa din spate a apărut Andrada, care era nedormită și plânsă și arăta în ultimul hal. Avea în mână un săculeț de pânză neagră, pe care m-a rugat să i-l țin eu, într-un loc unde Victor să nu-l găsească.

— Am câteva lucruri, poți să te uiți, a zis. Un kit de avarie.

A dat să le scoată, dar s-a oprit precaută și s-a uitat prin colțurile casei.

— Aveți camere video pe-aici?

— Doar cea de la intrare, am zis.

Nu-mi pusesem niciodată problema c-ar mai putea fi și altele.

— Mda. N-aș fi așa sigură.

— Păi, de ce să fie camere video? Pentru Sanda?

A dat din cap parcă spunând ceva de genul „știu eu?".

Totuși n-a înșirat obiectele pe blat, ci doar a deschis săculețul. Avea o parte din acte – pașaportul și certificatul de naștere –, niște bijuterii de aur, un plic cu bani și permisul la bibliotecă, ceea ce m-a nedumerit, fiindcă mi se părea o alegere ciudată. Nici nu știam că merge la bibliotecă, dar, mai mult decât atât, se pare că permisul era ceva ce în mintea ei ar fi putut să-i demonstreze identitatea.

— Vezi să le pui undeva unde să nu le găsească Victor, te rog.

M-am gândit, evident, că are probleme cu Bogdan, probleme care erau probabil dincolo de puterea mea de înțelegere, din moment ce simțea nevoia să-și pună la adăpost acte de identitate și bijuterii bune de amanetat. I-am zis că sunt alături de ea dacă vrea să-mi spună ceva sau dacă are nevoie să vorbească cu cineva, dar a făcut un semn cu mâna că nu.

— Pur și simplu mă ajută să știu că săculețul e la tine, a zis.

Am rămas tăcute o vreme, cocoțate pe scaunele de bar de la bucătărie. Între noi era farfuria de la doamna Zainea.

Andrada a luat o furculiță și a gustat din orez.

— E bun, a zis.

— Îl vrei tu?

— Nu, nu mi-e foame. Dar e mișto lumânarea, aș lua-o.

— Te rog.

A mirosit-o, apoi mi-a dat-o și mie pe la nas. Mirosea frumos, într-adevăr, a ceară naturală.

— Tu ai cunoscut-o pe fosta prietenă a lui Victor? am întrebat-o.

— O, da, a zis zâmbind.

— Cum era? am întrebat.

— Semăna cu tine, a zis ea. Leit.

A plecat și eu am mai rămas un pic acolo cu farfuria în față, uitându-mă la pulpa aceea pârlită prost și gătită cu tot cu tuleie. Era probabil de la unul dintre cocoșii omorâți cu greu de Radu. Oare ce făcuse cu buturuga? Fusese pusă deoparte pentru altă dată?

Cred în fapte bune în general, dar nu în pomeni, nici în vămile văzduhului și nici în nevoia de a acoperi pe lumea asta niște cheltuieli pe care mortul le-ar avea pe lumea cealaltă. Dar, cu toate că nu vărs puțin vin din pahar pentru morți atunci când ciocnesc la o masă în grădină, gestul ăsta, făcut de alții, îmi place mult. Chiar foarte mult. Mă emoționează gândul că pământul e făcut din oseminte.

Mâncarea de la doamna Zainea mă punea în încurcătură, pentru că nu-mi venea s-o mănânc, dar nici s-o arunc. A rămas acolo, în bucătărie, până seara, când a venit Victor.

Cu săculețul Andradei nu știam ce să fac, pentru că eu nu aveam ascunzători în casă. Cred că dintr-un fel de teamă să nu mă prindă el și să iasă cine știe ce discuție absurdă și, de asemenea, dintr-un fel de încredere că nu e nevoie să am secrete.

M-am gândit la locuri prin care Victor nu prea trece și camera mea, cea cu divanul, era cât de cât un spațiu de intimitate. Aveam acolo un dulap de haine îngust, așezat astfel încât între el și perete să rămână vreo patruzeci de centimetri, iar în nișa aceea se adunaseră niște cutii cu încălțăminte, una peste alta. Am luat o cutie la întâmplare, am scos pantofii și i-am înghesuit peste altă pereche, în altă cutie, iar acolo am pus săculețul Andradei și am așezat cutia la loc, printre celelalte. Am tras niște linii pe margine cu un marker negru, ca s-o recunosc mai ușor, dar nu era nevoie să fi făcut asta, fiindcă acea cutie a ajuns foarte repede să mă obsedeze. Stăteam acolo, în camera mea, și citeam sau ascultam muzică sau îmi făceam de lucru cu altele, dar mereu mă opream și mă uitam la cutia aia. La ce eram complice? Și când o să vină momentul s-o salvez pe Andrada, o să pot?

Ca la ieșirea de urgență din avion – o să poți să smulgi ușa de șaptesprezece kilograme și s-o arunci pe aripă? În teorie zici da, ca să ai mai mult loc la picioare, dar dacă chiar se întâmplă ceva?

Gândul că banii și actele ei erau acolo mă apăsa enorm, iar cutia a ajuns în timp să mă contamineze și pe mine. Mi se înșuruba gândul că trebuie să fiu pregătită pentru orice, să am ceva deoparte. Așa că am început să pun și pentru mine, într-o pungă de hârtie, niște bani. Și permisul de conducere, pe care nu-l folosisem deloc, pentru că ultima dată când am condus a fost la examen. Și cardul de sănătate, care era expirat, dar totuși valabil, dacă înțelesesem bine de la știri, folosit și acesta foarte rar, pentru că aveam în general o sănătate bună.

Victor n-a vrut nici el să mănânce pilaful de cocoș, dar m-a ascultat când i-am povestit de doamna Zainea și s-a distrat bine. Îmi plăcea când râdea la poveștile mele, mi-au plăcut toți bărbații care au râs la poveștile mele, fie că am fost în cuplu sau doar ne-am întâlnit razant, dar umorul nu m-a dus departe. Încă o chestie pe care am gestionat-o aiurea.

Se întâmplă ceva când râzi prea mult.

Dar vreau să fiu luată în serios, chiar vreau.

Până la urmă am mâncat eu orezul, iar pulpa de cocoș i-am dat-o lui Muchi, dar nu înăuntru, ca să nu facă mizerie, ci afară, în curte. I-am dat-o așa, pur și simplu, fără s-o tai, gândindu-mă c-o să muște din ea, dar pe cât a fost de fericit c-a primit-o, pe atât de confuz în legătură cu ce-ar trebui să facă cu ea. Mai mâncase carne gătită, dar îi dădeam mereu bucățele, așa că acum și-a înfipt dinții în copanul ăla și l-a târât prin toată curtea, până am început să mă îngrijorez că-l abandonează pe lângă gard și o să-l vadă doamna Zainea și o să-l recunoască, fiindcă era un copan ușor de recunoscut cu tuleiele pe el. Muchi s-a întors la ușă la fel de fericit și a intrat în casă, iar eu mi-am pus ceasul să sune a doua zi la șase și am mai pus o alarmă care să-mi amintească să ies să caut copanul, înainte ca doamna Zainea să se instaleze la gard și să înceapă să ne observe curtea.

Ficusul rupt l-am dus în camera mea cu divanul, ne-am chinuit amândoi să-l târâm pe scări și am lăsat, din nou, dâre de pământ prin toată casa.

Mai mult el a târât și l-a și durut spatele după aia. Am zgâriat parchetul într-un loc în care eu am împins de ciubăr și știu că s-a enervat pentru asta, îi plăcea ca totul să fie impecabil, curat, ordonat și fără semne de uzură. Ca nou.

Ficusul, care era înalt și deșirat și cu frunze puține, era rupt de la mijloc fără cale de întoarcere. Arăta învins. Ceva din el mi-a adus aminte de brazii scheletici din copilărie și am avut o dorință să-l împodobesc cu beteală, să-l umilesc și mai mult.

Lui Victor m-am oferit să-i fac un masaj la spate. N-aveam cremă Puterea Ursului, pe care o mai foloseam din când în când, doar pentru că ne amuza cum sună. Și chiar dacă n-o foloseam, spuneam că e bine să ai Puterea Ursului în casă, așa că o cumpăram periodic.

Aveam glumele noastre legate de denumirile lucrurilor și vedeam simboluri în orice, dar aceste simboluri își schimbau semnificația după cum ne convenea nouă. Aveam și animale totemice, fiecare dintre noi vreo câteva, și le foloseam ca nume de alint, deși ale mele erau mai degrabă gâze totemice.

Unele povești pe care le construiam împreună ne ieșeau perfect.

În ziua aia n-am găsit pentru masaj decât niște ulei de cocos, dar el a comentat că nu vrea să miroasă a prăjituri. I-am propus să-l spăl tot eu pe spate după aia.

S-a dezbrăcat de tricou și s-a pus pe burtă în pat, cu fața îngropată în cearșaf. M-am urcat pe el, ca să stau comod, și am început să-l masez pe șolduri și el mi-a zis, râzând, să mă grăbesc, că se sufocă.

Mi s-a părut ciudat că-mi spune asta, pentru că de multe ori, când făceam sex, mă întorcea pe burtă, uneori îmi imobiliza și mâinile la spate, iar eu după un an și ceva încă nu mă hotărâsem dacă treaba asta e mișto sau nu. Mă gândeam că vrea să-și facă liniștit grimasele când termină, fără să-l văd, și i-am acordat această discreție. Povestea cealaltă, despre forță fizică și dominare, am refuzat să mi-o spun până la final, fiindcă, dacă aș fi recunoscut că e o problemă acolo și continuam fără a o rezolva, ajungeam să fiu proasta care acceptă.

Nu voiam să fiu proasta care nu rezolvă.

Îmi plăcea că e mai puternic decât mine în multe feluri, dar câteodată aveam senzația că vrea să fie mai puternic decât mine în toate felurile posibile.

Oare cum fusese cu cealaltă? Cea dinainte, care-i refuzase copilul.

— Victor, mai ții minte ziua aia când ai venit la mine prima dată? i-am zis.

A mormăit ceva cu fața în cearșaf.

— Când te-ai ridicat și te-ai îmbrăcat și eu am rămas pe pat dezvelită, întoarsă pe o parte? Pe stânga, mai exact. Aveam părul peste jumătate din față... Înainte să pleci, te-ai așezat pe marginea patului, ai scos telefonul și mi-ai făcut o poză. Sunt aproape sigură, din felul în care-l țineai. După aia ai început să butonezi niște mesaje. Și zâmbeai radios... Cui i-ai trimis atunci poza aia cu mine?

— Nu știu despre ce vorbești, a zis.

— Ba da, știi, pentru că ai o memorie foarte bună, tu nu uiți.

M-am dat la o parte și el s-a ridicat din pat.

— Ce părere ai avut atunci despre mine?

— Ce te-a apucat?

— Dacă aveai o părere bună, nu trimiteai poza. Dacă mă respectai...

— La asta te gândești tu de un an încoace?

— Un an jumate...

— Chiar că ai mult timp, a zis.

— Păi, da, chiar am. Cui i-ai trimis?

— Hai că ești paranoică, a zis. Tu n-ai poze cu mine în telefon?

— Le am pe alea pe care mi le trimiți tu când ești plecat. Și nu le dau mai departe.

— N-ai probleme și ți le inventezi, a spus și s-a dus la baie.

Am rugat-o pe Andrada să meargă cu mine cu mașina să luăm un ciubăr nou și pământ de flori, ca să transfer ficusul. Nu voiam să iau din grădină și să fac groapă. Nu voiam să-i stric *feng shui*-ul lui Victor.

A doua zi, sâmbătă, a venit la mine pe furiș, mi-a zis să plecăm acum, cât doarme Bogdan.

— O să se supere că iau mașina, a zis.

— Dacă nu poți, e OK, îl rog altă dată pe Victor, i-am spus.

— Nu, nu, lasă-l, că-i trece, a zis ea relaxată. I-am scris un bilet că mergem la cumpărături. Oricum, nu se trezește mai devreme de unu. Dar, dacă ieșim, aș trece și pe la ai mei, pe la Clinceni, a mai spus.

Am fost de acord, n-aveam alt program în ziua aia, cu Victor eram iar într-o fază pasiv-agresivă, deci îmi convenea să nu fiu acasă.

Am luat de la un Brico Dépôt trei feluri de pământ, fiindcă nu știam care e mai potrivit, și un ghiveci enorm de ceramică.

— Părinții tăi știu că vin și eu? am întrebat-o.

— E OK, nu trebuie să te anunț, a spus ea. Mi-e dor de frate-meu, nu l-am mai văzut de vreo două luni.

— Nu știam că ai un frate, am zis. Câți ani are?

A ezitat un pic, apoi mi-a zis:

— De fapt e băiatul meu, eu l-am născut. Eram într-a noua. Și ai mei l-au adoptat. Are opt ani. O să fie ziua lui mâine, i-am luat un cadou.

A dat radioul mai tare, era o melodie care-i plăcea. A început să dea ușor din cap.

— Lui Bogdan nu prea-i place treaba asta.

— Care treabă?

— Asta cu Adi. Cu copilul.

— O să mai vrei copii? am întrebat.

— Hai să nu mai vorbim despre asta.

— Scuză-mă. Tu ai deschis discuția.

— Da, dar acum vreau s-o închid.

A urmat un moment lung de tăcere. Așteptam în intersecție după un cârd de mașini.

— Cum o cheamă pe fosta prietenă a lui Victor? am zis.

— Laura.

— Laura și mai cum?

— De ce?

— Vreau s-o caut pe Facebook, am zis.

A început să râdă.

— Cum de nu știi nimic despre ea?

— Sunt multe mistere în viața lui Victor, am spus. Multe povești cu găuri în ele.

— Ei, misterul ține pasiunea aprinsă, nu?

— Dacă e prea mult, nu știu.

— A stat și ea la noi puțin, dar nu cred că s-a simțit bine, a spus Andrada. S-au mutat după aia înapoi în apartamentul ei.

— La voi? am zis eu mirată.

Mi-a spus că cele două case identice de la Corbeanca erau ale tatălui ei, iar Victor îi plătea chirie. Nu știam? Cum de nu știam? I-am zis că nu-l auzisem niciodată vorbind de chirie și de aici am dedus că era casa lui, dar nu cerusem detalii.

A zis zâmbind că vila în care stătea cu Bogdan urma să-i revină ei, iar cea de alături lui Adi.

Și firma pe care o avea împreună cu Bogdan fusese pusă pe picioare tot de tatăl ei, era o afacere care intermedia locuri de muncă pentru vase de croazieră. Dar lanțul de intermediari era atât de lung, încât ei niciodată nu se vedeau nici cu viitorii angajați și nici cu proprietarii vaselor. O singură dată a fost la un târg de joburi în București și a stat la stand o zi, din respect pentru un client. În rest, făceau totul la distanță.

Despre părinții ei nu mi-a zis prea multe, am înțeles doar că în anii '90 fuseseră „pe fază“, cu contribuția bunicului patern, dar în ce fel sau ce tunuri au tras nu mi-a zis. Poate nici ea nu știa dedesubturile, nici nu era născută pe atunci. Acum activau mai ales în imobiliare.

Și nu-l plăceau pe Bogdan.

— Dar lor nu le-a plăcut niciodată de nimeni și m-am obișnuit cu asta, a zis Andrada. Au rămas cu șocul ăla din adolescență, că umblu cu golani sau ceva.

Accidentul a avut loc într-o curbă.

Andrada a vrut să evite o mașină care venea din sens opus, intrată în depășire pe linia continuă, așa că a tras de volan în dreapta. Ne-am dat peste cap de două ori și mașina a aterizat în picioare, într-un lan de ceva abia crescut. S-a petrecut totul foarte repede, până să-mi dau seama ce se întâmplă, cineva mă trăgea afară dintre airbaguri. E posibil să-mi fi și pierdut cunoștința câteva zeci de secunde. Sau câteva minute.

Sau poate pur și simplu n-a durat decât o clipită.

Durerile au venit ceva mai târziu. Vânătăi pe partea dreaptă, pe braț și pe picior, și o durere în diagonală în piept, probabil de la centura de siguranță.

Pe moment n-am simțit nimic. Am fost blocată. Apoi prima emoție a fost spaima de ce-ar fi putut să se întâmple. Dacă am fi fost pe o faleză abruptă, și nu pe câmp, dacă ar fi fost altă mașină, dacă ar fi fost proasta de mine la volan, dacă, dacă, dacă. Nu cred că am fost vreodată ușurată că am scăpat după accidentul ăla. Nici măcar recunoscătoare. Nu m-a făcut să mă gândesc că viața e prețioasă și atârnă de un fir, nu m-a făcut să mă port altfel, cu mine sau cu ceilalți. Nu mi-a adus decât spaima aceea foarte vie, pe care o simt și acum când îmi aduc aminte de momentul ăla și care mă cuprinde uneori și-n vis.

Și gustul metalic din gură.

Pătruns și acela până în vis.

Acea depășire nepermisă provocase un accident în lanț, dar numai vreo două persoane au fost duse la spital.

Am văzut-o pe Andrada vorbind disperată la telefon, părea panicată, dar nu de accident în sine, părea că ea ar fi provocat ceva și se aștepta la consecințe. Mi-a spus după aceea că vine Victor după noi.

Dintre toate persoanele din lume, ea a ales să-l sune pe el. Nu pe Bogdan, nu pe taică-su, ci pe el. Am crezut că s-a gândit în primul rând la mine, dar la ea se gândise, după cum aveam să aflu mai târziu, căci Victor o mai salvase și altă dată de Bogdan.

Acasă, Bogdan a fost furibund. Nu mi-a fost clar de ce era atât de grav că Andrada luase mașina, cine știe ce limite depășise sau ce promisiuni încălcase și ce simboliza lucrul ăsta, dar ea s-a temut atât de tare de scandal, încât ne-a rugat să intrăm cu ea.

Am încremenit când am văzut cum o apucă și o împinge la perete, îi urla în față insulte. Ea s-a scurs pe perete și s-a chircit în colț și, când el se pregătea s-o lovească, a strigat că e însărcinată.

— Ești pe dracu'! a urlat Bogdan.

Victor s-a băgat între ei.

Mult mai târziu în noaptea aia avea să-mi spună că ea a mai zis și altă dată că e însărcinată și nu era.

— Așa zice ea mereu, a spus.

— Mereu când o bate? am întrebat.

Nu-mi imaginasem că o să-l văd pe Bogdan manifestând o asemenea violență, urlând cu o asemenea forță. Poate că, dacă ar fi fost beat, aș fi zis că băutura i-a transformat creierul, dar era cât se poate de treaz, cea care-l transformase era furia. Părea că o urăște cu toată ființa lui și vrea să se răzbune pe ea.

Victor a venit cu mine acasă, dar apoi s-a întors să doarmă dincolo, la ei.

Să aibă grijă de frate-său, să nu facă cine știe ce.

Lucrurile au fost tensionate și între noi atunci, dar el avea capacitatea asta să fie un stâlp, o stâncă, să te salveze și când nu știai că ai nevoie să fii salvat. Deciziile lui erau greu de pus la îndoială, era atât de convins că știe ce face, încât te convingea și pe tine și adevărul e că de cele mai multe ori chiar proceda corect.

Cred că ăsta a fost magnetul care m-a atras cel mai mult la el. Dacă ar fi să rezum într-un singur cuvânt, era pur și simplu matur. Sau ce-mi imaginasem eu toată viața că înseamnă să fii matur. Hotărât și inatacabil. Eficient.

Am simțit atunci din nou, ca în primele săptămâni, când m-am îndrăgostit nebunește de el, că are o forță gravitațională capabilă să țină în echilibru sisteme planetare. El s-a ocupat de tot după accident, de formalități, de mașina avariată, de radiografiile mele. Nu știu de unde avea atâta putere și nici ce preț interior plătea el pentru puterea aceasta.

În nopțile care au urmat am dormit lipită de el, cu picioarele încleștate într-ale lui, cu nasul în pielea lui. Aveam foarte mare nevoie să-l simt prezent.

Scena pe care o făcuse Bogdan mă înspăimântase teribil. Și violența de care a fost el capabil și la care fusesem pentru prima dată martoră a avut un efect ciudat: atunci a început să-mi fie cu adevărat frică de Victor. A fost ca și când am văzut o versiune a lui care încă nu țâșnise pentru că o ținea el sub control, dar care era acolo. Comportamentul fratelui său îmi contaminase percepția asupra lui.

Senzația nu venea chiar de nicăieri, fuseseră destule momente în care mă ținuse de încheietură un pic prea tare sau în care jocul de dominare în pat mersese un pic mai departe decât mă simțeam eu confortabil.

Și apoi toate lucrurile pe care nu mi le spunea au devenit dintr-odată foarte apăsătoare. Toate acele segmente ale vieții pe care mi le tăinuia, pe care încercam să le scot cu cleștele, provocându-i astfel de fiecare dată o mare iritare.

În zilele următoare mi-am făcut de lucru prin curte tot sperând c-o să o văd pe Andrada, care era păzită și de Bogdan, și de Victor, de fiecare în alt fel. Am stat la povești lungi cu doamna Zainea, la gard, până mi-au amorțit picioarele. Și-ntr-un final am văzut-o și pe Andrada. A ieșit la geam și mi-a făcut semn că vine până la mine.

Am stat pe treptele din fața casei și a început să-mi povestească de Bubu, cum s-a înțepat în ceva și i s-a infectat lăbuța și tocmai ce fusese cu el la veterinar să-l opereze și să-i scoată o gheară și, cu toate că țineam la Bubu ca la o persoană, și la Muchi la fel, nu-mi venea să cred că, atunci când am întrebat-o cum se simte, a început să-mi spună de motan.

— Ce face Bogdan? am zis.

— Doarme. A luat un somnifer azi-dimineață. Asta înseamnă c-o să doarmă o zi și o noapte.

M-am uitat la ea. Nu știam ce să zic.

— Ieei! a spus ea după un timp, lipsită de expresie.

Am zâmbit.

— Nu înțeleg de ce se poartă așa, am spus. E casa ta.

— Da, dar n-are nicio legătură. Nu-i cer afecțiune în loc de chirie sau ceva. El e așa cum e și eu nu-i cer să se schimbe și nici el nu-mi cere mie.

— Păi, și atunci de ce te pedepsește, dacă nu vrea să te schimbe? am întrebat.

— Nu mă pedepsește, așa își exprimă el furia.

— Vorbești serios acum sau încerci să-l acoperi?

— Vorbesc serios.

— Scuză-mă, dar e o prostie ce-ai spus, nu e normal să se poarte așa.

N-am mai zis nimic. Eram și eu destul de încărcată emoțional și rolul de salvatoare nu prea mi se potrivește. Îl încercasem de câteva ori în prima tinerețe, dar dădusem greș, mai mult am apăsat și am sufocat decât am ajutat. Ajunsesem să am senzația că salvatorul are o doză de aroganță în el, mai multă aroganță decât empatie, de fapt, fiindcă pretindea că știe mai bine de ce are nevoie presupusa victimă. Dar acelea fuseseră cazuri ambigue de abuz emoțional sau depresie (oare?), nicidecum ceva atât de evident precum situația Andradei, în care îmi era clar că nu e în regulă ce se întâmplă. Dar cum puteam să știu care e soluția? Să-l alunge sau să-l trimită la terapie sau să fugă ea? Sau altceva?

— Dacă pot să te ajut cu ceva, îmi zici tu, i-am spus.

— Mersi.

— Familia ta știe despre treaba asta?

— Familia mea nu prea mă place, a zis. Poate doar frate-meu, un pic. Am uitat să-l sun de ziua lui, am fost năucă. L-am sunat după aia. S-a supărat. Îi luasem o dronă, dar nu mai funcționează. S-a bușit în portbagaj.

Familia nu trebuie să te placă așa cum te plac prietenii tăi, m-am gândit. Iar familia ei părea că ține la ea suficient cât s-o aranjeze, îi puseseră la dispoziție casa și afacerea aia dubioasă, din care câștigau mult, cine știe dacă taică-său sau bunicu-său nu spălau bani prin firma aia.

Sau poate totul fusese câștigat prin muncă dreaptă sau ca o răsplată cinstită pentru ceva ce ea oferise familiei, fără să-și dea seama.

M-am gândit la tata.

M-am gândit că vreau banii ăia până la urmă.

Poate că nu era o idee bună să tot măsor sentimentele, să le transform în credite. Să nu mă mai gândesc că rămân datoare pentru tot ce primesc.

— Auzi, a spus. Îți zic ceva. Să-ți zic?

— Păi, de unde să știu? Zi-mi.

— Am avut o fază cu Victor. Mai demult. Înainte să apari tu.

— Cum adică o fază?

— O chestie. Bogdan nu știe. Nu trebuie să știe, a zis și m-a strâns de braț.

— Adică ați fost amanți?

— N-a durat mult, câteva luni.

— Uau, credeam că zici că s-a întâmplat doar o dată, am zis.

— Era înainte să fii tu.

— Dar cealaltă era? am întrebat. Laura?

A scos un țâțâit, dezamăgită de reacția mea.

— De-asta l-ai sunat întâi pe el?

— L-am sunat pentru că el știe ce e de făcut.

— Era Laura? am repetat întrebarea, dar ea n-a răspuns. De ce mi-ai zis? am spus.

— Păi, nu te plângeai tu că nu știi chestii din trecut? Te ajut și eu cum pot.

— Spui niște lucruri foarte ciudate, pe bune.

— Nu știu, m-am gândit că e mai OK să-ți spun decât să nu-ți spun, tu ce-ai fi făcut în locul meu?

— Nu m-aș fi culcat cu cumnatul, în primul rând.

Am rămas tăcute amândouă, iar după un minut sau mai bine și-a lăsat capul pe umărul meu.

— Mă ierți? a zis.

Spunea numai chestii la care nu știam cum să reacționez, mi se părea că nimic din ce spune nu are logică. Pentru ce naiba s-o iert, nici nu știam cu ce-mi greșise, dar îmi crea constant sentimente contradictorii și stânjeneală. Avea ceva copilăros și pur, era naivă și vulnerabilă și nu puteai să te superi pe ea, nu puteai să-i pui în cârcă și supărarea ta. Trebuia s-o lași în rama aceea cu „așa e ea" și probabil că știa asta și profita, iar în același timp se gândea că trebuie și ea să-i lase pe ceilalți așa cum sunt.

S-a ridicat și m-a întrebat dacă nu vreau să merg cu ea la vrăjitoare. Să-i ghicească în cafea. Nu era departe, puteam ajunge cu bicicleta, voia să meargă acum, cât dormea Bogdan.

Copleșită de ceea ce tocmai îmi spusese despre ea și Victor, dar vrând în același timp să-i fiu alături și poate și pentru a ne arăta mie și ei că sunt mai presus de furie și ranchiună și pizda mă-sii, m-am ridicat și eu și am zis că bine. Dar că eu nu vreau să mi se ghicească.

— De ce? a întrebat.

— Dacă-mi zice de bine, n-o cred și, dacă-mi zice de rău, o să încep să mă gândesc la răul ăla până când o să se întâmple.

— Cum vrei, a zis. E mișto tipa, am mai fost la ea.

Înainte de a merge la ghicit, a trebuit să facem un ocol pe la un supermarket, ca să ia un pachet de cafea, că așa funcționa, trebuia să duci tu un pachet nou de cafea. La raft, Andrada nu se putea hotărî de care cafea să cumpere.

— Ia de care bei tu de obicei, am spus.

— Eu de obicei nu beau cafea.

— Ba bei, că te-am văzut.

— Beau rar. Hmm. Tu ce zici?

— Ce să zic?

— De care ai lua tu?

— Păi, tre' să iei tu, că altfel e ca și când mi-ar ghici mie.

A luat un pachet, s-a uitat la el pe toate părțile și după aia a zis:

— Din asta am luat și data trecută și nu mi-a plăcut ce mi-a ieșit.

Apoi s-a decis pentru o altă marcă și a băgat mâna adânc, să scoată un pachet mai proaspăt. A deranjat o grămadă de produse cu brațul. A luat cafeaua și s-a dus s-o plătească, iar eu am rămas în urma ei și am aranjat produsele la loc.

— Ce tâmpită, am zis printre dinți.

Mama a fost cea mai mică din patru frați și singura fată. Nu mi-a povestit multe lucruri din copilărie și adolescență, dar avea un set limitat de povești simple și clare, pe care mi le-a repetat mai mult sau mai puțin. Cea pe care am auzit-o cel mai des – și care o marcase, probabil – era din adolescență, când toți cei trei frați mai mari erau studenți. Avea imaginea asta de când ea și maică-sa pregăteau pachetele pentru băieți și ele mâncau resturile. După ce făceau borcanele și cutiile, mai rămânea câte o zeamă lungă, fără nimic în ea, sau câte o coajă uscată de plăcintă și ele trăiau cu astea.

Se întâmpla după ce tatăl ei murise într-un accident stupid de muncă. Fusese tăiat de un utilaj. Dispariția lui violentă i-a declanșat o spaimă de care nu mai avea să scape tot restul vieții, și anume că oamenii pot să dispară oricând. Iar în relația cu tata a crezut probabil că era în puterea ei ca el să nu dispară.

După moartea tatălui, mâncând din resturile rămase după pachete, s-a temut că n-o să mai apuce să meargă și ea la universitate. Iar ambiția care a transformat-o într-o elevă și apoi într-o studentă model a venit de fapt din această frică. Trebuia să aibă bursă de merit, pentru că altfel nu avea nicio șansă. Pe tata l-a cunoscut când era în ultimul an de facultate, iar el era rezident și s-au căsătorit repede. A fost primul și singurul ei iubit.

M-am întâlnit din nou cu mama la o cafea în oraș. Aproape că n-am recunoscut-o. Se tunsese scurt, era nemachiată, îmbrăcată în pantaloni și cu un tricou care mi-a creat o clipă de confuzie.

— Ăsta era tricoul meu? am întrebat-o.

Nu știam cum ajunsese la ea, nu făcusem niciodată schimb de haine.

— Nu, e al meu, a zis.

M-a văzut încurcată.

— Mi-am luat și eu unul la fel atunci când te-am văzut cu el, mi-a plăcut.

— Dar e vechi.

— Da, e vechi, dar nu l-am purtat.

S-a scufundat în fotoliul de la terasă, cu spatele îndoit și umerii lăsați, ea, care era mereu așa de atentă la postură.

— Ce cafea proastă, a zis tare, s-o audă chelnerița, care îi servea pe cei de la masa alăturată. O să pun pe Facebook.

Mai avea o jumătate de an până la vârsta de pensionare și mi-a mărturisit că se simte ciudat. Că acum o să înceapă sfârșitul vieții. Dar nici nu-i mai suportă pe colegi. Și nici să stea cu Ioana toată ziua nu-i surâde.

— Ce mai face Ioana? am întrebat.

— Vorbește mult, a zis.

— N-o doare gura? am întrebat zâmbind.

— N-o doare nimic, a zis mama dezamăgită. S-ar putea să am nevoie de găzduire în curând, a mai zis. Are un prieten.

— Ioana?!

— Da.

— Ce prieten?

— Nu știu, un tip. Dar știi cum țopăie fericirea în ea? Nu mai suport. Plus că a început să-și facă cruce, l-a descoperit și asta pe Dumnezeu. Era singură de vreo douăzeci de ani.

— Nu cred că-i așa rău să te împrietenești cu Dumnezeu.

— Ei, că doar n-oi începe să merg la biserică.

— N-are legătură biserica. Aia e altceva. Dar Dumnezeu poate să te drogheze așa, un pic, dacă ai nevoie, i-am zis.

— Nu vreau să fiu o babă înapoiată după ce ies la pensie.

— Dar n-are legătură cu asta, ce-ai?

— Cum s-a făcut taică-tu un moș înapoiat.

— O fi și el derutat, pierdut, habar n-am.

— La șaizeci și cinci de ani?

— Păi, măcar acum, nu? După ce v-ați ținut băț toată viața... N-o să fii o babă înapoiată, i-am zis și i-am întins mâna.

M-a apucat de mână și mi-a studiat-o cu atenție, și-a trecut degetul mare peste pielea mea întinsă.

— Ce ceas frumos, a zis.

— E de la Victor.

— De unde l-a luat?

— Nu știu, mi l-a adus dintr-o călătorie.

— Aa.

— Din vreun aeroport.

— E tineresc.

— Da, îmi place, am zis.

— Maică-mea a murit imediat după ce-a ieșit la pensie, după patru luni.

— Mama, dar era bolnavă. Tu nu ești bolnavă.

— Dar pensia i-a accelerat boala.

— Nu cred. Oricum, eu abia aș aștepta să ies la pensie. Să am timp.

— Da, că acum n-ai timp...

— Acum am, dar n-o să mai am, pentru că o să mă redresez. Am avut o cădere, dar o să mă redresez.

— Îl iubești pe Victor? m-a întrebat după un timp, cu vocea mică, întristată de gândul iubirii ei neîmplinite de-o viață sau poate temându-se de ce ar putea auzi.

— Da, am zis. Dar în același timp îmi e și frică de el.

— S-a întâmplat ceva?

— Nu. Nu știu. Am senzația că ascunde ceva. Lasă, nu te gândi... Nu contează.

— Tre' să mai trec eu pe-acolo să-l pun la punct.

— Să-ți iei o cruce în poșetă, am zis, iar ea a râs și a spus o chestie foarte bizară, și anume că i-ar fi plăcut să fim prietene, că ea n-a avut niciodată nicio prietenă.

— Toată lumea e falsă, a zis.

Pe tata a trebuit să-l aștept o jumătate de oră în fața blocului, deși îmi anunțasem vizita. A apărut împreună cu fratele Policarp, miroseau amândoi a mir, mir care de fapt mirosea mai degrabă a ulei de masaj.

— Ați fost la biserică? am întrebat.

Nu, nu fuseseră la biserică, ci la secția de poliție de care aparțineau, ca să-i facă buletin băiatului, că nu mai avea buletin de doi ani. Îl pierduse.

Tata s-a oferit să-l ia în spațiu.

Am urcat în apartament toți trei, iar Mihai, stânjenit ca de obicei în prezența mea, a rămas în picioare, nu-și găsea nicicum locul.

— Vrea să se înscrie la liceu la seral, a zis tata.

— Sunteți nedezlipiți, i-am zis. Nu te mai prind singur.

— Te deranjează că mă ocup de el? a întrebat tata.

— De când sunt eu așa importantă în viața ta? am zis. Ce contează ce mă deranjează pe mine?

— Are nevoie de mine, a spus el.

— Deci până la urmă tot ai găsit pe cineva care are nevoie de tine. Oricine, numai ai tăi nu.

A lăsat capul în jos.

— Mama e o tipă de treabă, am zis.

— Așa e, a spus el.

Și după aia l-am întrebat dintr-odată de banii din cont și i-am spus pur și simplu că-i vreau, totul dintr-o suflare, fără să mă gândesc prea mult, ca atunci când sari prima dată în piscină de la trambulina de zece metri sau ceva de genul ăsta.

Doar că nu știa despre ce e vorba. Mi-a zis că nu are niciun cont. Că nu mai are economii de ani buni. Și mama sigur știe, n-are cum să-și închipuie altceva.

Am fost șocată. Mama nu m-ar fi mințit, nu m-ar fi supus la teste. Dacă mi-a spus de banii ăia, sigur își imagina că ei sunt acolo. Nici tata nu cred că m-am mințit când mi-a spus că nu sunt.

Am fost uimită de această informație, de faptul că un lucru atât de important nu era clar între ei, dar uimită în același timp de cât de ușurată am fost când am aflat că nu e nimic de cerut și nimic de primit.

Pământul în care plantasem în cele din urmă ficusul făcuse musculițe. Naiba știe din ce o mai fi făcut și pământul de flori. Stăteam pe divan, cu ochii în telefon, și am simțit cum îmi intră una în nas. Mă uitam pe un site de joburi și m-am gândit că dacă mi-a intrat musculița în nas e un semn că trebuie să fac ceva. O chemare la deșteptare.

Ziua în care ies din pământ musculițe și-ți intră în nas e o zi a marilor decizii. De ce n-ar fi și ăsta un semn divin ca oricare altul?

M-am dus cu Muchi și i-am pus microcip pe numele meu. L-am luat în spațiu, cum ar veni. După aia l-am dus la coafor, unde a fost spălat și tuns și a mușcat-o de mănușă, ca de obicei, pe fata de acolo, dar ea tot l-a păcălit și i-a făcut un moț prins cu elastic în vârful capului.

Acasă ne-am uitat amândoi în oglinda din hol și i-am scos moțul, ca să nu se simtă penibil.

— Tu ești Policarp al meu, i-am zis.

Și mi-am dorit ca adevăratul Policarp, pe numele său Mihai, să dispară și ai mei să găsească cumva o cale s-o ia din nou de la capăt.

N-am crezut niciodată în Dumnezeu și nici n-am simțit nevoia să-L caut. N-am crescut cu El, n-a făcut parte din copilăria mea, deci n-a fost un bagaj pe care să-l duc cu mine sau care să implice o decizie la un moment dat în viața mea, o decizie de tipul îl păstrez sau îl abandonez în gară?

Am avut o viață bună, atât de bună, încât nici nu merită o poveste, de fapt – un cămin prosper, educație, părinți care au avut grijă de mine. În viața de adult am dus-o mai prost cu banii, dar am avut mereu suficient, iar eșecul, dacă ar fi să-l numesc așa (și încă n-am ajuns la vârsta la care să-l pot numi altfel sau la care să nu mă mai gândesc la el deloc), mi l-am asumat întru totul. N-am fost bogată și n-am făcut carieră pentru că n-am avut ambiție.

Asta e și asta sunt, dar – din nou –, până mă lămuresc ce e ambiția și de ce e musai s-o ai, o să mai treacă niște decenii.

N-am avut niciodată nici vreo revelație, dar nici vreun necaz atât de mare încât, apăsată de o tristețe profundă, să cobor în adâncurile propriei ființe și să mă întorc de acolo cu Dumnezeu. Pentru că Dumnezeu nu poate veni decât de acolo, mă gândeam, din adâncul fiecăruia, iar El nu poate fi scos la suprafață decât de un necaz. Așadar, știam că El nu e pentru mine și speram că nu va fi vreodată. Îmi imaginam că El e pentru oameni care și-au pierdut luciditatea sau care n-au avut-o nicicând, ea fiind încețoșată de lipsuri sau dureri.

Și apoi tata a trecut dintr-odată prin această schimbare și am devenit interesată, nu de Dumnezeu, sau nu din prima de Dumnezeu și de căile Sale, ci interesată să înțeleg mai întâi cât de conștient era tata de ceea ce i se întâmplă.

Iar asta a dus la o reacție în lanț pentru mine, care a avut mediul propice pentru a se produce, și anume faptul că în anul acela am avut timp să mă gândesc la toate. Și Dumnezeu a venit către mine din timp. În primul rând din timp. Adică de unde mă așteptam cel mai puțin. Am avut timp să mă gândesc la El și să-L înțeleg, înțelegându-i (cred) pe cei care au căutat refugiu în preajma Lui.

Primul efort pe care l-am făcut a fost să despart Biserica de Dumnezeu, deși tata n-a făcut asta. Cred că pentru el Dumnezeu a fost Biserica, o comunitate nouă, cu reguli clare și un loc unde primeai explicații pentru orice. Mi-a fost greu să accept că tata nu mai voia să se simtă la voia întâmplării și că viața lui în slujba științei (așa cum îmi plăcea să mi-o imaginez) eșua în zona asta crepusculară a Bisericii. Că moartea Luizei, urmată la scurt timp de pensionarea lui l-au condus într-un univers paralel în care, în sfârșit, nu mai trebuia să fie el cel care găsește răspunsuri. Mi-a fost greu, de asemenea, să mi-l imaginez spovedindu-se, în genunchi pe o pernuță, poate sprijinit în pumni, înalt și deșirat cum era, acoperit simbolic cu un patrafir. Știam că merge la mai multe biserici și se împărtășește în mai multe locuri, ceea ce însemna că mai mulți preoți îi auzeau mărturisirile. Mă întrebam dacă le spune tuturor același lucru sau își împarte păcatele cu porția între ei. Mai știam că, odată mărturisite, păcatele se iartă, nu trebuie să le spui din nou, și atunci de ce simțea nevoia să se împărtășească săptămânal, poate și mai des? De ce era atât de încărcat?

Drumul lui către Biserică fusese pavat cu icoanele primite de la pacienți de-a lungul vremii, e posibil ca el să fi așteptat de mult să facă această schimbare, care doar a părut bruscă. Mi-a părut mie. Dar la fel și mamei.

Mama n-a știut nimic despre frământările lui, așa cum n-a știut nici de banii lui, în sensul că-și imagina că-i are și el nu-i avea. Chestiunea asta a dus la certuri mari, la care am fost martoră, pentru că mama a fost atât de scandalizată, încât a trecut peste orgoliu și a intrat din nou în apartament, după o pauză de luni bune. Îl soma să ne spună unde sunt banii, pentru că, într-adevăr, în contul acela pe care ea nu-l mai verificase de ani buni, nu mai erau. Vorbea la plural, cerea o explicație în numele nostru, al amândurora, de parcă el ne-ar fi trădat și ne-ar fi mințit pe amândouă în egală măsură. L-a întrebat dacă banii au fost înghițiți de tratamentele Luizei, iar el n-a răspuns, doar a lăsat capul în jos și a acceptat furia ei, ca un martir ce devenise. Apoi ea a zis ceva de viitorul meu, cum că el și-a pus amanta mai presus de viitorul meu, ca și cum viitorul meu stătea în acel apartament sau ca și cum eu n-aș fi fost în stare să-mi fac singură viitorul. M-a dezgustat din nou stilul ăsta al ei de a se folosi de mine pentru a-și impune ideile, alegerile, pedepsele. Și a fost cu atât mai dureros, cu cât am simțit atunci că avea pe undeva dreptate. Apartamentul mi-ar fi schimbat viața. Mi-ar fi făcut-o mai bună. Ar fi compensat lipsa mea de ambiție. M-am simțit descoperită, vulnerabilă în goliciunea mea rușinoasă, după ce ea a tras haina de pe mine și a dezvăluit adevărul – nu mă descurcam singură.

În timpul acestei dispute monstruoase, fratele Policarp a fost trimis afară, și afară a făcut singurul lucru pe care știa să-l facă – a stat ghemuit, lipit de peretele unui magazin, și a cerșit. S-a întors după câteva ore cu bani și mâncare (covrigi și napolitane), pe care le-a scos de prin buzunare și le-a pus pe toate pe masă, așa cum pisica îți aduce o vrabie moartă și ți-o lasă în prag.

Lui tata i s-au înroșit ochii, vedeam cum strânge din buze și se străduiește să-și aleagă vocea lui obișnuită, cea calmă. L-a luat de umeri și s-a uitat la el și i-a zis:

— Să nu mai faci asta, te rog. Ți-am zis de atâtea ori. Avem aici tot ce ne trebuie. Ce-ți lipsește aici?

Nu-i lipsea nimic, dar poate că nu de-asta o făcuse.

Au trecut câțiva ani și eu, tot singură, mă ascund în continuare de Victor. Am sentimentul că, orice portiță ar găsi, ar da buzna din nou în viața mea. Despărțirea noastră a fost complicată, am plecat de câteva ori și el m-a adus înapoi de fiecare dată, dar la fiecare întoarcere simțeam legătura noastră tot mai slăbită. El era întotdeauna extrem de iubitor și afectuos, era un înger din visurile mele, dar asta dura doar o săptămână sau două. După care era din nou absent. Se întorcea în lumea lui secretă, iar eu rămâneam singură acasă să-i păzesc mobila. Și să mor de dorul lui.

Odată a căzut în genunchi ca să-și ceară iertare, ajunsese la astfel de gesturi extreme, pe care nu-i era greu să le facă, probabil pentru că se simțea cu totul și cu totul nevinovat.

— Căsătorește-te cu mine, a zis (dacă tot era în genunchi).

Eu mi-am mușcat buzele și mi-am înghițit orice fel de reacție.

— Îți fac un copil, dacă vrei.

— Trebuie să vină din iubire, i-am zis.

— Dar ne iubim! a spus el.

Și avea dreptate, ne iubeam, doar că acel carusel de emoții devenise epuizant.

Poate că, dacă ar fi fost mai limpede și mai domol de-atât, nu i-am fi spus iubire, poate ne-am fi plictisit. Dar problema noastră n-a fost plictiseala, ci epuizarea.

Și felul în care orice lucru mărunt ne putea răsturna sentimentele.

Ultimul cadou pe care l-am primit de la el a fost un tricou verde, cu Totoro. Îl luase, ca atâtea alte obiecte pe care mi le-a oferit, din aeroport. Un simbol al vieții lui mai mult decât altceva. M-am bucurat cum mă bucurasem și de cana cu Moominpappa sau de ediția frumos ilustrată din *Pinocchio*, primite tot de la el, ținea minte detalii și genul ăsta de cadou mă topea. Plus că-mi spunea adesea „ce copil ești" și mă strângea în brațe sau mă pupa pe creștet și alea erau momente în care cred că mă simțeam valoroasă. Mă bucuram că am ce să-i ofer, pentru că până la urmă părea să-l amuze latura mea copilăroasă. Nu m-au prins niciodată rochiile sau bluzele decoltate sau bijuteriile pe care mi le oferea. Îmi făcea plăcere să mă duc la coafor cu Muchi, dar drumurile mele la salon pentru tuns sau pensat mi se păreau un calvar, eram mereu crispată, așteptam să rezolv și să plec și mă duceam doar pentru că eram incapabilă să mă tund singură. De pensat, mă pricepeam să-mi pensez doar sprânceana stângă. Insistența cu care mi-a oferit daruri menite să mă facă să mă simt femeie a săpat la rădăcina mea și a relației noastre. Am simțit că n-am știut să-i ofer o femeie atrăgătoare și că singurul lucru cu adevărat al meu care îl încânta și pe el era ce mai rămăsese din copilul din mine.

Tricoul era ambalat într-o pungă ce s-a lăsat cu greu desfăcută la capăt. Când l-am scos și l-am despăturit m-a cuprins o stare pe care o voi numi tristețe, ca să nu-i spun dezamăgire.

Până la urmă nu e nimeni dator să fie îngerul din visurile tale. Trăim într-o lume în care suntem cu toții liberi de contract.

Tricoul era mărimea L și era foarte mare. Probabil că l-a luat în grabă și n-a verificat un tricou desfăcut ori poate nu mai era nimic verde sau nu mai era nimic cu Totoro, nu știu, cu siguranță mi-ar fi dat o explicație din asta dacă aș fi cerut-o și cu siguranță ar fi fost sincer. Dar, când am văzut tricoul acela enorm, în mintea mea s-au declanșat alte gânduri. Bineînțeles că asta crede despre corpul meu. Bineînțeles că a luat din reflex un L. Bineînțeles că e nemulțumit. Bineînțeles că nu mă place. Și mi-au venit valuri-valuri toate momentele în care a vorbit despre alte femei, începând să le descrie de la sâni și de la fund, și am știut că atunci vorbea despre mine. Cum le citea pe ele mă citea și pe mine. În afara câtorva remarci ciudate spuse la beție, fusese pe tot parcursul relației noastre foarte diplomat și de aceea mie nu mi-a spus atât de direct și de brutal lucrurile alea, dar le spunea despre altele și le gândea despre mine. Nu m-a jignit pentru că era ceea ce se numește o persoană educată, dar mintea lui era un loc la fel de ascuns și de ferecat precum întâlnirile de afaceri în care dispărea sau contul din bancă și cheltuielile de care nu știam niciodată nimic.

Am fost îndrăgostită de el de la început până la sfârșit, pluteam când îmi dădea atenție, el era lumina mea, era energie pură. Dar nu l-aș fi perceput așa dacă mi s-ar fi arătat și mi s-ar fi oferit cu totul. Ceea ce înseamnă că el a fost o farsă a minții mele. Toate versiunile lui de până acum, din ziua în care ne-am cunoscut și până la poveștile pe care mi le-am spus după ce am dispărut, au fost farse ale minții mele.

Tricoul l-am luat cu mine și l-am purtat noaptea în loc de pijama. L-am purtat până când imprimeul a început să dispară, Totoro s-a scorojit pornind de la ochi. Îl am și acum și mă uit la el și-mi spun: acesta este un tricou și este real. Despre toate celelalte nu mai știu ce să mai cred.

La jobul pe care-l am acum am o colegă de-o vârstă cu mine, Simina, care a avut și are (din câte spune ea) o viață foarte aventuroasă. E genul care-și găsește un prieten nou a doua zi după ce a încheiat o relație, ceva ce eu n-am înțeles niciodată și de aceea am admirat dintotdeauna. Îmi povestește adesea cu un zâmbet nostalgic cutare sau cutare lucru dintr-o relație sau alta, are un inventar de povești frumoase și de lucruri bune cu care a ieșit din fiecare legătură. Cu unii dintre foștii prieteni e în continuare în relații bune, ei o ajută la mutat, ba chiar e unul care îi împrumută periodic bani, iar ea îi întreține iluzia că poate relația lor nu s-a terminat de tot.

N-am reușit niciodată să-mi dau seama dacă poveștile astea sunt adevărate, deși ea le spune cu mare convingere. Adică nu mi-am dat seama dacă și le-a fabricat ca mecanism de apărare și și le-a spus de atâtea ori, încât a ajuns să le creadă și ea. Fiindcă pare destul de sinceră când mi le spune mie. Ea reușește să iasă „pe pozitiv". Așa mi-a spus și Victor cândva, la o despărțire sau o revenire, nu mai știu: dacă suntem pe pozitiv și nu facem rău nimănui, de ce să nu fim împreună? Doar că răul nu trebuia căutat și cercetat în altă parte, ci între noi, fiindcă era acolo și ni-l provocam unul altuia din plin.

Nu. De fapt nici nu scriu ce aș vrea cu adevărat să scriu, fiindcă încerc să păstrez despre mine imaginea unei persoane lucide. Nu vreau să fiu femeie din aia. Victimă.

Dacă aș scrie cu adevărat ce vreau să scriu, aș spune: Doar că răul nu trebuia căutat și cercetat în altă parte, ci între noi, fiindcă era acolo și el mi-l provoca din plin.

Dar nu sunt victimă.

Ceea ce am condamnat la părinții mei (de ce nu s-au despărțit?) m-a apăsat în relația mea (de ce m-am despărțit?). Ceea ce nu mi-a plăcut la ei (că n-au avut forța să se elibereze) se pare că aș fi vrut pentru mine (de ce n-am avut forța să rămân?).

Poate că în zilele noastre ne despărțim așa ușor pentru că avem impresia că merităm ceva mai bun și că acel ceva e foarte accesibil. „Trebuie decât să întindem mâna și ne murdărim cu praf din Andromeda“, zicea poetul. Poate că părinții noștri s-au gândit că mor pe drum până la Andromeda și nu mai apucă să găsească altceva. Sau poate s-au gândit alții pentru ei, au făcut niște reguli și ei le-au respectat.

Victor credea că, dacă ne iubim, toate celelalte neglijențe sunt justificate. Nu se temea să vorbească despre iubire și s-o așeze în cosmos. Sus de tot, adică. Și departe, dincolo de puterea noastră de cuprindere și de control. Ce avem noi rămâne acolo, în univers, spunea. Când se aghesmuia un pic și mintea lui amorțită ajungea la limita dintre adevăr și fațadă.

Atunci îl iubeam cel mai mult. Atunci era și el copil, un copil din acela crud, care strivește animale mici.

Nu mi-a spus niciodată „te iubesc", dar spunea că ne iubim, la plural, și vorbea despre „iubirea noastră", pe care o scotea la înaintare în momentele în care nu ne înțelegeam. Eu i-am spus „te iubesc" o singură dată, mi-a fost îngrozitor de greu s-o spun și, atunci când am spus-o, el n-a răspuns la fel. Poate că dacă am fi fost și noi dintre aceia care spun „te iubesc" înainte să închidă telefonul, în loc de „te pup", dacă l-am fi mâncat ca pe semințe, cum se spune, nu i-am mai fi acordat iubirii atâta importanță. N-am fi așezat-o atât de sus și n-am fi lăsat-o să ne scuze comportamentele care ne sabotau relația.

Noțiunea de iubire ne-a încurcat.

N-am știut ce e și nici cum s-o folosim în favoarea noastră.

Cu noua lui șefă sunt aproape sigură c-a avut întâlniri amoroase. Asta până când s-a transferat într-o altă firmă din concern, la ceva vreme după venirea ei. Mi-a dat foarte puține explicații, dar am simțit că e ceva acolo, deși susținuse de la bun început că e genul de lucru pe care mi l-ar mărturisi fără rețineri. Ce conta că se culca cu ea, dacă noi doi aveam iubirea? Cam asta era logica lui. Iubirea lui era la mine și era de ajuns. Cu corpul putea face orice.

În perioada aia folosea mult diateza pasivă. Nu mi-ar fi atras atenția dacă ar fi vorbit mereu așa. Am întâlnit de-a lungul vieții și astfel de persoane, care se exprimau de parcă lucrurile se întâmplau în afara lor, veneau din exterior. Nu știu dacă în felul acesta se fereau de orice răspundere sau era un mod de a se pretinde speciali. Aveam o colegă de facultate, de exemplu, care spunea numai: „mi s-a propus", „mi s-a oferit", „am fost invitată", „am fost întrebată". Ea nu căuta și nu cerea, toate veneau înspre ea. Părea că trece foarte ușor prin viață. Poate era doar o formă de modestie, habar n-am, nu ne-am cunoscut atât de bine și nici n-am păstrat legătura.

Dar Victor nu era așa, la el se întâmpla doar din când în când și ținea câte o perioadă scurtă: biroul a fost mutat la alt etaj, s-a propus o cină, s-a ieșit la întâlnire, s-a stat până târziu. Nemulțumirile au fost exprimate. Atmosfera a fost remediată.

Ca un bărbat însurat, care nu-i vorbește deloc amantei despre viața lui de acasă, trebuind totuși să-i comunice informații importante: vacanța a fost stabilită pentru data cutare. Pisica a fost salvată de la un adăpost. Nu de către mine.

Acum încerc s-o iau cu amuzament, oricum nu mai contează. În patrimoniul meu emoțional, populat de atâtea absențe, Victor va rămâne ca tipul acela deștept care-și termina toate frazele și folosea abil diateza pasivă.

Glumesc.

Bineînțeles că a fost mai mult de atât.

Dacă ar fi să caut și eu, precum colega mea Simina, să extrag lucrurile pozitive din relația cu Victor, aș spune că de la el am învățat să primesc.

Să primesc obiecte, să primesc o atenție intensă (știu că-mi corecta gramatica în tăcere), să accept să facă lucruri în numele meu. Când dădea câte un telefon să-mi rezolve ceva, eram atât de copleșită, că-mi venea să mă trântesc pe jos, dintr-un preaplin de emoții. Mă simțeam ocrotită cum nu fusesem niciodată, nici măcar în copilărie când se spune că nu ai griji. Și ce-am mai învățat din relația cu Victor sau în trena ei a fost să accept că e în regulă să recunoști din când în când că e greu să fii singur.

Singură.

Dacă mă gândesc când am văzut-o ultima oară pe Andrada, îmi vin în minte vreo trei sau patru momente care se întrepătrund, dovadă că în mintea mea am plecat definitiv de multe ori de lângă familia lor. Nu știu care e cu adevărat ultimul moment.

Poate când stăteam pe gazonul din curtea lor și ea mi-a zis:

— Ei, am și eu golăniile mele.

Nu era vorba de o delapidare de fonduri sau de un moment nepoliticos la masa de Crăciun, era vorba chiar de infidelități.

Dar ce e o infidelitate? Și o conexiune emoțională, fără sex, poate fi o infidelitate, și să flirtezi la un bar poate fi o infidelitate, iar definițiile astea pe care și le creează fiecare pentru el sau se creează în doi, de comun acord, cu siguranță se modifică în timp. Poate că o escapadă amoroasă după douăzeci de ani de căsnicie nu are potențialul distructiv pe care l-ar avea la început, după numai un an. Sau, dimpotrivă, trădarea ar fi atât de mare după douăzeci de ani de apropiere, încât relația s-ar prăbuși cu totul. Habar n-am. N-am de unde să știu, pentru că n-am ajuns niciodată mai departe de trei ani cu nimeni. Trei ani dacă nu pun la socoteală și dârele lungi ale despărțirii, acea pârloagă a sufletului, plină de smocuri uscate de iarbă și gunoaie. Îmi ia întotdeauna mult timp să fac curat și să pot începe să cultiv altceva.

Andrada vorbea despre infidelități și se referea, cu siguranță, la sex cu străini sau cu aproape-străini.

Stăteam amândouă înghesuite pe o rogojină pe gazonul umed din curtea lor, întinse pe spate, cu genunchii îndoiți și tălpile în afara rogojinii, fiindcă ne era lene să mergem să mai aducem una. Aveam momente din astea când vorbeam verzi și uscate și-mi aminteam de zilele studenției, când mergeam la colegele mele în cămin și stăteam așa, câte trei-patru înghesuite pe un pat din ăla de fier, cu salteaua lăsată la mijloc, unde și somiera metalică făcuse o burtă care atârna. Vorbeam despre băieți. Încă era un subiect antrenant la vârsta aia, când nu trecuserăm prin atâtea disperări și nu ne obosea să descâlcim ițele unor povești încurcate. Mi se părea cea mai tare chestie să stai în cămin, deși răsuflam ușurată de fiecare dată când plecam din campus. Îmi amintesc găurile de șobolan de sub cămin, de unde chiar ieșeau șobolani adevărați și mari, care nici măcar n-așteptau întunericul, gândacii cuibăriți în tocul ușii, câinii care urcau până la etajul trei și anunțul de pe ușa de la intrare: „Rugăm nu mai permiteți accesul câinilor în cămin". Toate aceste viețuitoare erau mari, hrănite cu parizer și pufuleți, și nu se temeau de oameni. Fetele păreau să nu le bage în seamă. Aveau metodele lor de a se proteja: își suspendau alimentele și sigilau periuțele de dinți, că nu știi niciodată ce se întâmplă noaptea pe lângă chiuvetă. Dar mie îmi era teamă, mai ales de câini, când dădeam de ei pe holul căminului. Știam că ei simt frica, transpirația aceea imperceptibilă, pulsul accelerat, și mă detestam că nu puteam să mă controlez. Că nu puteam să mă prefac până în adâncul meu că nu mi-e teamă. Căminul era acest amestec ciudat de experiențe – prietenii, cursuri și informații de la școală, mizerie, disconfort, petreceri, băieți.

Pe Andrada o asociam cumva cu perioada aceea din viața mea. Poate pentru că era mai tânără și avea o energie și o nepăsare adolescentine.

Discuția de pe rogojină nu pornise de la băieți. Pornise de la niște vânătăi de pe picioarele ei.

Atunci mi-a zis de golănii. Mi s-a părut ciudat că folosește cuvântul ăsta... cum să-i spun? Masculin? Deși își băga pula fără rețineri și mă obișnuisem s-o aud vorbind așa, mi s-a părut artificial. Parcă nu era ea. Vorbea în cuvintele altcuiva.

Mi-a spus că semnele de brutalitate de pe corpul ei sunt un preț rezonabil pe care-l plătește pentru golănii. Își spunea și ea o poveste și cine eram eu să-i contest dreptul de a o face?

Aș fi vrut să pot să-i deschid ochii, dar pentru asta ar fi trebuit să știu și eu mai mult, or, ea era foarte misterioasă față de mine când venea vorba de relația ei cu Bogdan. Vorbea tot timpul ambiguu, nu-mi spunea nimic precis și singurul lucru concret pe care mi l-a cerut vreodată a fost să-i pun deoparte banii și actele. În ziua aia, pe rogojină, i-am explicat unde anume se află cutia de pantofi, în caz că va fi nevoie s-o recupereze când eu nu voi fi acolo.

— Sper să poți să intri cumva, i-am zis.

— E OK, am cheie, a răspuns ea.

— De la noi?

— Da.

Stăteam acolo de atâta timp și nu știam că ea are cheie de la casă.

Cine știe câte întrebări ar mai fi trebuit să-i pun lui Victor și nu i le-am pus pentru că nu m-am gândit la ele.

M-am ridicat în capul oaselor pe rogojină și am văzut negru și mi-au țiuit urechile câteva secunde. Mă ridicasem prea brusc. Dintr-odată apropierea mi-a creat repulsie. Corpul meu a cerut o distanță fizică.

— Mă duc până la baie, am zis.

— Du-te la noi.

— Aș face și un duș, am spus. Rămân la mine.

N-a mai zis nimic, doar s-a întins și a ocupat toată rogojina, dându-mi de înțeles că deja nu-mi mai simțea lipsa.

Cu câteva zile înainte ne uitaserăm împreună la un film. Victor era plecat și Andrada mă chemase pe la ei. Eu am stat pe fotoliu și ea cu Bogdan pe canapea. El stătea tolănit și ea rezemată. Se tot înghionteau și chicoteau și la un moment dat ea s-a urcat călare pe el și a început să-l sărute și m-am temut că vor începe să facă acolo ceva, se dezlănțuise pasiunea taman atunci.

Am întrebat în glumă dacă trebuie să plec, iar ea s-a oprit, m-a săgetat cu privirea, cu un zâmbet ciudat, superior, de stăpână a casei, și a întrebat, la rândul ei, dacă nu vreau să mă uit.

— Mă uit la film, da, am zis.

— Și nu-ți place?

N-aveam chef de jocurile ei psihologice.

Am vrut să mă ridic și să plec, dar înaintea mea s-a ridicat Bogdan, iar Andrada a căzut într-o rână pe canapea. El s-a dus la bucătărie sau la baie, iar ea și-a reluat imediat poziția de spectator.

Probabil că făcuse scena aceea ca să-mi arate al cui e Bogdan, să mă țină departe de el, să-și marcheze, încă o dată, teritoriul.

Am luat-o ca pe o chestiune de încredere și m-am simțit lezată. Nu m-aș fi dat niciodată la bărbatul ei și ea ar fi trebuit să mă cunoască deja suficient de bine încât să știe asta, nu trebuia să-l călărească în fața mea ca să-mi arate că e al ei.

Pentru mine era vorba de (lipsa de) încredere, dar pentru ea nu era vorba de nimic, acționa pur și simplu din instinct, iar instinctul îi dicta să se poarte astfel.

Așa era ea.

Nu știu cât de apropiată am fost de ea, de fapt.

Eram oficial prietene, iar prietenia noastră a fost pecetluită când m-am dus cu ea să-și facă un tatuaj în zona intimă. Mai avea două tatuaje pe spate și unul pe braț, dar „ăsta o să doară ca naiba“, mi-a zis, și nu voia să fie singură. Mi-a spus că se luptase mulți ani cu niște afecțiuni ginecologice, dar că acum era în sfârșit vindecată și se simțea pentru prima dată în viața ei sănătoasă. Voia să celebreze asta cu un tatuaj acolo jos. Model floral.

A încercat să mă convingă să-mi fac și eu, nu neapărat acolo, însă i-am zis că sunt plină de alunițe, deci am destule ornamente pe corp.

Nu prea aveam chef să merg cu ea, dar îi înțelegeam teama de durere și cum faptul că cineva apropiat e lângă tine te poate face să treci mai ușor peste încercări de genul acesta, deși „încercări“ e un cuvânt nepotrivit, din moment ce tu singur ți le cauți.

Nu părea să aibă deloc pudoare în prezența mea, s-a dezbrăcat complet cu mine de față de câteva ori și o dată mi-a luat mâna și m-a silit să-i palpez sânul gol, fiindcă i se părea că are o umflătură.

Își ridica bluza frecvent ca să-mi arate sau să-mi explice diverse lucruri și mă atingea destul de mult, nu cu vreo intenție ascunsă, ci pentru că așa era ea, o persoană care avea nevoie să-i atingă pe ceilalți.

Mie îmi e ușor să comunic prin cuvinte, leg destul de repede conversații cu oameni noi, mă deschid vorbind, îmi place să povestesc și mi se pare că limbajul verbal mă poate duce într-o zonă de intimitate emoțională foarte profundă, ceea ce s-a și întâmplat în relația mea cu Victor. Cel puțin în capul meu, dar, dacă a fost măcar într-un cap din două, atunci s-a întâmplat. Când vine vorba de interacțiune fizică, totuși, am limite clare și prefer distanța. Nu-mi place să fiu atinsă de oameni pe care nu-i cunosc și e cale lungă până la atingeri, chiar dacă fac parte dintr-un ritual de politețe. Nu mă pup pe obraji când mă întâlnesc cu un cunoscut și nici nu dau mâna.

Andrada s-a băgat în sufletul meu din start și eu m-am străduit să accept și am încercat să nu fiu retractilă, de dragul lui Victor. Apoi m-am obișnuit cu ea, dar felul în care își ridica bluza sau se dezbrăca fără nicio jenă îmi crea în continuare disconfort.

În general pudoarea e luată ca înapoiere și îndrăzneala ca modernitate, dar nu mi-a fost niciodată clar care dintre noi trebuia să facă eforturi mai mari să vină în întâmpinarea celeilalte.

M-am dus cu ea atunci la salonul de tatuaje.

Când am ezitat, m-a luat tare:

— Ești prietena mea sau nu ești?

I-am spus că da, bineînțeles că eram, și așa a rămas încă vreo două sau trei luni până am fugit pe geam și am dispărut.

După ce s-au despărțit părinții, de câte ori m-am dus pe acasă, m-am dus din inițiativa mea. Casa noastră, care a devenit casa lor, care a devenit casa lui tata. Mă duceam acolo când aveam de discutat sau de luat sau de rezolvat ceva și, de când se instalase și Mihai la tata, aveam mereu senzația că dau buzna, deși îmi anunțam vizitele.

O dată tata m-a sunat să mă cheme pe la el, fără să-mi spună de ce. Se întâmpla pentru prima dată după mult timp să mă cheme el.

Când am ajuns acolo mi-a pus în față doi cozonaci de casă, împachetați fiecare în hârtie maro. Îi cumpărase de la o femeie pe care o cunoscuse la biserică și care făcea tot felul de mâncăruri, turte, colaci și altele asemenea, pentru sărbători sau ocazii speciale. Știam că tata găsise acolo un fel de piață, o rețea de distribuție, veneau oameni care aduceau de la țară (cel puțin așa susțineau ei) tot felul de produse „naturale": legume, ouă, găini, suc de mere, vin, bulbi de plante, busuioc cu rădăcină și multe altele. Tata cumpăra tot ce i se propunea, fie că-i trebuia sau nu. Dacă-l aborda cineva, se jena să spună nu. O dată a venit acasă cu două rațe tăiate, care nu erau tăiate, ci doar moarte, cu corpul întreg, plin de pene. Era pe când mama nu plecase încă de acasă, știu de rațe pentru că-mi trimisese ea o poză cu rațele moarte în chiuveta de la bucătărie, cu gâtul curbat, ca să încapă, așezate frumos acolo ca într-un mormânt de inox, mult prea strâmt pentru amândouă. Nu mi-a trimis niciun comentariu legat de această imagine, ceea ce o făcea cu atât mai dramatică. Nu mai știa ce să mai spună despre noile (pe atunci) apucături ale lui tata. Voia să-mi dea de înțeles că o luase razna și într-un fel eram și eu de acord. Mi-a spus după aceea că ea a fost cea care s-a chinuit vreo cinci sau șase ore doar să jumulească rațele și nu putea spune cine era mai nesimțit: cel care le vânduse așa, nejumulite, sau tata, care le cumpărase din slăbiciune, pentru ca apoi s-o lase pe ea să le pregătească. Am întrebat-o de ce nu le-a aruncat și ea a zis: „A venit cu ele de la biserică, cum să le-arunc?". După care a încremenit o clipă. Poate atunci și-a dat seama și ea că e în pericol s-o ia razna și că singura cale e să plece.

Altă dată tata a luat foarte multă brânză, toată marfa adusă de un individ anume, care s-a oferit să i-o și aducă acasă, o avea în portbagaj oricum, într-o zi de duminică, după liturghie. Tata a umplut frigiderul de brânză care scârțâia între dinți. Altă dată i s-a livrat la ușă un sac de fasole care a făcut imediat fluturi, toată casa se umpluse atunci de fluturi, mama era disperată.

Tata, care până atunci fusese când echilibrat, când sceptic înainte de a lua decizii de orice fel, avea dintr-odată încredere în toți acești vânzători care-și aduceau marfa la biserică. Poate că se gândea că sunt oameni cu frica lui Dumnezeu și asta-i împiedica să-i tragă în piept pe cumpărători. Sau poate voia să-i ajute cumpărând de la ei.

Când m-am dus atunci la el și mi-a pus în față cozonacii, mi-a zis că sunt de sufletul părinților lui.

— Nu mănânc cocă, i-am spus.

— Dar ce să-ți iau? a întrebat panicat că i se refuză pomana.

— Carne, am zis.

S-a uitat la mine încurcat.

— Am glumit, tata, e OK. Iau cozonacii.

— Să nu-i arunci, a spus.

— Cum să-i arunc? am spus și i-am tras către mine pe masă, cu ambele mâini.

Totuși, nu puteam să-l iau în serios.

Știam că începuse să-l preocupe tema iertării, dar nu făcuse niciodată pomeni pentru părinții lui. Eu nu i-am prins pe bunicii din partea lui, știam că au murit amândoi înainte să mă nasc eu. Tata nu vorbea despre ei niciodată, iar eu nici nu făcusem eforturi să mi-i imaginez, pentru că nu aveam de ce să mă agăț. Cred că în mintea mea erau ca bătrânii din ilustrațiile din cărțile pentru copii, din *Baba Iarna intră în sat* sau pe-acolo, deși ei erau mult mai tineri când au murit, nu cred că a apucat vreunul dintre ei să aibă părul complet alb. Nins, cum se spune. Din copilăria tatălui meu am o singură poveste și o am de la mama – e despre cum s-a hotărât tata să devină medic, la vârsta de zece ani, atunci când maică-sa l-a luat cu ea la spital ca să avorteze copilul cu care era însărcinată.

Tata a știut în permanență ce se petrece, se pare că nu a fost niciodată un copil protejat de ficțiuni, pentru că familia lui nu credea în asta. Credeau că trebuie să fie pregătit pentru realitate. Și i-au mai spus ceva: i-au spus că nu mai vor alți copii pentru că toate resursele lor sunt pentru el. Iar el cu siguranță n-ar vrea să-i împartă cu nimeni.

Așa că a stat pe holul spitalului (dacă spital o fi fost) până când maică-sa a rezolvat ce avea de rezolvat. Își amintea – mi-a zis mama – că durase foarte mult. Și a plecat de acolo impregnat cu miros de dezinfectant (un miros care i-a rămas în nări multe zile după aceea, și nu numai în nări, ci și în ochi, îl înțepau ochii și avea senzația că-i sticlesc ca la diavoli) și cu hotărârea că se va face doctor. Nu-i mai explicase mamei, sau poate nu-și mai amintea ea, de partea cui se poziționase atunci, de partea mamei sale sau de partea fratelui nenăscut, și nici pe cine voia să salveze, dacă despre salvare era vorba.

— N-am dat niciodată de pomană pentru ei, mi-a zis când mi-a oferit cozonacii.

— I-ai comandat special? am întrebat.

Mă gândeam că femeia i-a adus la biserică pur și simplu și l-a găsit pe el client la fața locului. Dar m-am grăbit să-l judec.

— Da, e ziua lor, a zis tata.

— Cum adică?

— Azi ar fi fost ziua lor. Erau născuți amândoi pe 4 iunie. Când s-au cunoscut, au descoperit că au asta în comun și a fost un motiv suficient. Au luat-o ca pe un semn. S-au căsătorit. S-au străduit. S-au înțeles bine, până la un punct. Ea era cu șase ani mai mare, era o nebunie pe atunci să fie ea mai mare. Era și mai înaltă decât el, a zis zâmbind. Și mai bogată.

— E în regulă dacă dai unui necredincios?

— Ce anume?

— Pomana. Mă gândesc că funcționează dacă și celălalt crede.

— Dar măcar un pic tot crezi, nu?

— Am așa o frică, am zis. Dar nu știu dacă de Dumnezeu.

A zâmbit.

— Cred că e important că mă gândesc eu la ei în felul ăsta. Și că încep să fac pace.

— N-a fost pace?

A rămas pe gânduri.

— Tata a plecat din țară în '74, la o săptămână după ce am intrat eu la facultate. A venit pe nepregătite, ne-a luat prin surprindere pe toți. Ne-a spus că pleacă și a plecat și n-am mai știut de el. Maică-mea a înnebunit. S-a sinucis după două luni. El m-a căutat după '90, mi-a trimis câteva scrisori din State, nu i-am răspuns la niciuna. Prin 2003 sau 2004, m-a sunat o soră de-a lui să-mi spună că murise. Infarct. Repede, curat.

— Aveam impresia că era mort mai demult, așa mi-ai spus.

— Da, păi, „mort" poate să însemne multe lucruri, a zis el.

S-a ridicat să caute o sacoșă în care să pună cozonacii, să mi-i dea, și a părut dintr-odată zăpăcit și confuz, nu mai nimerea bucătăria. L-am întrebat dacă e totul în regulă și s-a bâlbâit, a zis că da, s-a scuzat că s-a emoționat. L-am ajutat să caute, dar n-am găsit sacoșă, doar o pungă scurtă, în care am băgat cozonacii în picioare și am plecat ținându-i la piept ca pe două animale de companie înghesuite în haină, care scot capetele mici din sân.

Cine o să mănânce atâta cocă? m-am gândit.

Eram tot timpul copleșită când primeam mâncare, mai ales dacă era făcută special pentru mine, dar și când era vorba de mâncare cumpărată. De alte lucruri nefolositoare mă debarasam mai ușor, fără mustrări de conștiință. Știu că Biserica spune că e păcat să arunci mâncare, ceea ce în lumina încercărilor recente de a combate risipa alimentară ar putea căpăta un înțeles nou și proaspăt. Dar eu nu fusesem niciodată religioasă, deci nu dinspre Biserică îmi venea. Poate că îi dădeam totuși o încărcătură simbolică fără să conștientizez. Sau poate ceva din creierul nostru mai ține minte vremurile preistorice când mâncarea se găsea greu și te putea costa viața.

După două zile m-a sunat Mihai, care mi-a spus că tata era în spital, era operat de urgență pentru un cheag de sânge în creier.

Am început să tremur și am senzația acum că tremurul acela m-a ținut câteva zile, a urmat o perioadă amețitoare în care unele lucruri s-au dat peste cap și s-au reconfigurat. Operația n-a fost complicată, a fost externat repede și, dacă n-ar fi avut capul bandajat vreo două săptămâni, ar fi părut că nici nu s-a întâmplat.

Dar se întâmplase și reacția imediată a lui Mihai fusese vitală. Dacă nu era el acolo, l-am fi găsit mort în casă pe tata, poate chiar eu l-aș fi găsit sau poate vreun vecin. M-am simțit îngrozitor că fusesem la el cu puțin timp înainte și-l văzusem confuz, dar am crezut că s-a emoționat de la discuția despre părinți, l-am crezut când mi-a spus asta, și n-am verificat mai târziu dacă se simțea bine.

Victor era acasă atunci, adică nu era plecat, și m-a ajutat mult, m-a dus cu mașina la spital – fără să intre cu mine – și mi-a dat bani să am de dat la doctori, dacă o fi cazul. Tata a încercat el însuși să-i dea bani chirurgului care-l operase, dar acela a sărit ca ars și a ieșit din salon jignit.

— Ești bătrân, i-am zis.

— Așa e, a spus el.

Eu cu banii n-am încercat să fac nimic, dar nici nu i-am restituit lui Victor, care nu m-a întrebat apoi deloc despre ei. I-am pus acolo, la cutie, în kitul de evadare inspirat de Andrada.

Mama a fost și ea foarte prezentă în perioada aceea și era distrusă. Îmi spunea că nu suporta să-l vadă așa neajutorat, iar acum, bandajat la cap, era și mai și. A stat în apartament zi și noapte, a gătit și a făcut curat și a avut grijă de tata și de Mihai, care devenise un înger salvator. Un înger salvator care trebuia totuși evacuat la un moment dat.

Am sperat că situația aceea îi putea împăca sau îi putea aduce împreună din nou într-un aranjament suportabil și, cu toate că înțelegeam că nu am dreptul să mă bag între ei, aveam atunci ceva din copilul care-și dorește să-și vadă părinții împreună. Mi se părea că sunt prea bătrâni pentru ranchiună.

Într-o zi când eram și eu acolo, și poate tocmai de aceea, o fi fost mai ușor în prezența mea, tata i-a zis mamei:

— Iartă-mă.

Și ea i-a spus:

— Du-te dracului.

— Atât m-a dus pe mine capul, a spus el.

— Du-te dracului, a repetat ea. Îți gătesc, îți spăl, stau aici cât ai nevoie, dar nu mă lua cu din astea. Că nu-mi trebuie.

— Îmi trebuie mie, a spus el.

— Aaa, păi, așa zi.

— Mama... am zis, încercând să aplanez, cu toate că nu știam nici eu ce să zic mai departe. Las-o și tu mai moale.

— Lasă, să stea liniștit, că nu țip la el. Așa, bandajat la cap. Nu tre' să-l supărăm, nu? Să nu pocnească bandajul.

— Doamne, câtă furie ai și tu în tine, am spus.

— Să știi că toată chestia asta cu biserica mă dezgustă total, i-a spus mama. Ți-ai găsit paravan.

— Poate nu-i o idee bună să stai așa mult pe aici, i-am zis mamei după un moment lung de tăcere.

— E casa ei, a zis tata. Poate să stea cât vrea.

La vreo două luni după operație, tata m-a luat cu mașina să-mi arate ceva. Mi-a zis că mergem la țară, să-mi rezerv toată ziua. Lucrurile reveniseră la normal, începuse să conducă fără probleme și se simțea bine.

Un singur lucru straniu i se întâmpla, din câte mi-a spus, și anume că începeau să-i revină amintiri foarte vechi, din prima copilărie. Îi veneau în minte imagini pe care le crezuse îngropate de mult. Treaba asta îl speria un pic. Era posibil să aibă legătură cu operația pe creier.

Când am urcat în mașină, a pornit automat un post de radio religios, dar tata l-a închis imediat. În mașină mirosea a mir sau în tot cazul a ceva bisericesc și dulce și foarte puternic, de am crezut că mă sufoc. Am mers tot drumul cu geamul deschis, iar zgomotul care s-a creat ne-a dat o scuză bună să nu vorbim.

Am intrat în județul Ialomița și după scurt timp, undeva în câmp, a luat-o pe un drum cu pietriș și ne-am apropiat de o mănăstire nouă, care încă mai avea parte din clădiri în construcție.

— M-ai adus la biserică? i-am zis când am coborât din mașină.

A zâmbit încurcat.

— Pot să te aștept afară? am zis.

— Nu, că vreau să-ți arăt ceva înăuntru.

— Am capul descoperit.

— Asta-i bună, a spus el. Nu contează.

Biserica era acoperită cu schele, iar în lateral erau depozitate multe materiale de construcții. Ne-a lătrat un câine rătăcit printre stivele de cărămizi, dar fără convingere. Era trecut de prânz și soarele ardea sus, pe cer. Răcoarea dinăuntru era mai mult decât bine-venită.

Mirosea a proaspăt și a nou. Pe jos era un singur covor îngust și lung, de la intrare până la altar, acoperit cu o folie.

Am intrat umilă, cu un sentiment de apăsare, care a venit din necredința mea. Aveam totuși o urmă de respect pentru cei care credeau și intrau acolo cu inima deschisă și simțeam că prezența mea pângărește spațiul acela atât de important pentru alți oameni.

Am făcut ochii roată ca într-un muzeu, dar un muzeu în care intri din obligație.

Tata se uita la mine și aștepta nerăbdător ceva.

— E frumos, am zis într-un târziu.

Mi-a făcut semn cu capul către peretele din stânga.

M-am uitat la pictura murală.

— Sfânta Varvara? am zis.

— Uită-te acolo, a spus el și mi-a arătat cu degetul, precis, un loc de pe o arcadă.

Un înger cu cap de copil privea în sus, către cupolă. Când m-am uitat cu atenție, am recunoscut chipul meu dintr-o fotografie făcută de tata pe când aveam trei ani. Îngerul avea buzele mai cărnoase, dar în rest semăna leit.

M-a apucat groaza.

— Ce tâmpenie, am zis.

— Nu-ți place? a întrebat tata.

— Nu sunt sigură că despre asta ar trebui să fie vorba, am spus, fără să-mi iau ochii de la fața acelui copil care semăna cu poza mea.

În copilăria mea, tata era pasionat de fotografie, avea vreo două aparate foto pe care le lua mereu cu el în concedii și cu care-mi făcea și mie poze de sărbători. Nelipsitele poze cu bradul scheletic erau un calvar pentru mine. Mă îmbrăcau cu hainele noi și țineam în brațe toate cadourile și nu trebuia să mă strâmb și nici să stau încordată, iar această crispare în fața aparatului foto am păstrat-o până în ziua de azi. Ce chin era să nu stau încordată. N-am reușit nicicum să învăț să pozez. Poate pentru că întotdeauna în poză ești o versiune neadevărată a ta, mult umflată. Mai demult pentru albumul de familie, cu amintiri, acum pentru restul lumii, pe internet.

Uneori, sub brad puneau și sticle de băuturi primite de tata de la pacienți. Îmi amintesc o poză cu mine în picioare, îmbrăcată într-o haină albă, de blană artificială, cu cizmulițe roșii cu șireturi lungi, ținând în brațe o mașină de pompieri și o păpușă de pluș cu capul țuguiat. Lângă mine sunt câteva sticle de coniac. Îmi place să mi-i imaginez pe părinții mei râzând în hohote la această regie, n-am cum să mă gândesc că mă pozau cu alcoolul pe bune. Cine știe ce discuții tâmpite aveau, poate erau un pic aghesmuiți, râzând de propriul copil ca de un animal de companie credul.

Îmi place să cred că ei au fost cândva așa, tineri și îndrăgostiți, că a fost o vreme când se simțeau bine împreună și le plăcea să facă haz de copilul lor, mirându-se că pe ființa aceea au adus-o pe lume chiar ei. Mi-ar plăcea să mai am amintiri cu ei așa, probabil că le-am avut la un moment dat, dar au trecut atâtea peste noi, că ele au fost sufocate, îngropate de un munte de gunoi de care n-am știut să ne debarasăm. Mi-ar plăcea să mă întorc la imaginea tatei de când nu era un pensionar ponosit, de când – în ciuda furiei mele mocnite față de el – nu-l vedeam ca pe o victimă a propriei neputințe de a face față vieții. Luat de viitură. Pendulam între dorința ca el să se schimbe și aceea ca eu să mă schimb și să mă raportez la el altfel. Să mă întorc la el.

Cea mai veche amintire a mea e fixată tocmai de fotografia aceea ilustrată în biserică și știu sigur că aveam trei ani, pentru că era trecută data pe ea. Era făcută tot în preajma unui brad de Crăciun. Eram îmbrăcată cu un cojoc nou de vinilin și aveam o mână ridicată, cu palma desfăcută. Părea că încercam să explic ceva cuiva, cu un gest amplu. Aveam unghiile netăiate și negre, de parcă tocmai aș fi scurmat în pământ, și nu știu unde s-ar fi putut întâmpla asta în ziua aceea de iarnă, poate doar în fața blocului. Mă încântă ideea că scurmam în pământ când eram mică.

În pictura din biserică, îngerul nu apărea cu unghiile negre, evident, era doar capul, văzut din profil, și două aripi albe care porneau din gât.

— Tata, ce-ai făcut?

— Să știi că eu mă rog și pentru tine, a zis el.

— Dacă mă picta vrăjitoare în iad era mai OK.

— Nu mai vorbi așa, a spus trist.

— Ce ți-a venit?

Mi-a explicat că fiul unei femei de la Biserica Sfântul Ciprian, unde merge el să-și facă dezlegare de farmece, e pictor de biserici și căuta poze cu copii mici ca să se inspire pentru îngeri, iar lui i s-a părut o idee interesantă.

— Există Sfântul Ciprian? am întrebat.

— Există și e chiar pe Calea Victoriei, a zis.

— Dezlegare de farmece?

— Mă rog și pentru tine, a repetat el.

— Eu n-am farmece.

— Foarte bine că nu crezi în ele. E foarte bine.

Afară a început o ploaie torențială de vară, se auzea răpăitul pe acoperiș și pe schele. Două sau trei persoane au intrat repede înăuntru.

— Tata, mi se pare o tâmpenie să-mi pui fața acolo, măcar să mă fi întrebat înainte.

— Credeam c-o să te bucuri.

— Uite că nu. Spune-i să șteargă, te rog.

— Dar care-i problema? Dacă nu folosea poza aia, lua alta la întâmplare de pe internet.

— Nu mă interesează, deja îmi stă pe creier. Zi-i s-o șteargă. Plătesc eu, dacă e nevoie. Să ia un copil de pe internet.

M-am întors și am stat în ușa bisericii, privind afară, încă vreo câteva minute, până a stat ploaia. După aia ne-am dus la mașină.

Pe drum am văzut un curcubeu fantastic. Complet și plin și intens. Un arc perfect, ca o pasarelă pe deasupra șoselei, înfipt cu ambele picioare în câmp.

— Hai să ne oprim și să ne uităm la el până se termină, i-am zis tatei. Nu m-am uitat niciodată la un curcubeu până s-a terminat.

A fost de acord și a oprit mașina alături de drum, într-o rână, cu două roți căzute în marginea unui lan de porumb.

După vreo treizeci de secunde i-am zis:

— Hai să mergem.

— Gata?

— Nu stăm bine aici, eșuați așa într-o parte.

— N-am unde să opresc...

— Da, știu. Lasă. Oricum traficul strică momentul. Și o să am nevoie la pipi în curând.

— Cum vrei, a zis tata și a pornit cu greu și am luat-o mai departe spre oraș.

După operația tatei, mama era nelipsită de acasă. Se mutase înapoi, dar fără să recunoască oficial. Muncea non-stop și devenise de la sine înțeles că e nevoie de ea în casă. Gătea, spăla, aranja totul la milimetru. Apartamentul începuse să se umple din nou de lucruri, vechi sau noi, și arăta a casă de om.

Mihai plecase ucenic la un pictor de biserici, găsit de tata prin rețeaua lui. Tânărul se bucurase, din câte mi-a spus tata. El i-a dat telefonul lui, ca să poată ține legătura, iar eu i l-am dat pe al meu lui tata și eu l-am luat pe al lui Victor, iar Victor și-a luat unul nou, o migrație a telefoanelor în familie, așa cum se întâmplă când cineva și-l pierde și altcineva are chef să-și ia altul.

În fostul telefon al lui Victor am căutat imediat poze sau alte reziduuri de activitate, dar era totul șters cu mare precauție. Era stilul lui, să nu lase urme de niciun fel. Nu mă așteptam să găsesc femei sau conversații cu femei, dar faptul că era complet golit de orice rest de memorie mi-a creat un anume disconfort. N-avusese încredere să lase acolo nimic.

Victor s-a amuzat teribil de povestea cu îngerul din biserică și mi-a promis că va merge cu mine peste un timp să verificăm dacă mai e acolo. Voiam foarte mult să dispară, mi se cășunase pe el și-l sunam periodic pe tata să întreb ce se mai aude „cu treaba aia“.

Dar n-am mai apucat să mergem deloc.

La scurt timp după aceea s-a întâmplat ceva îngrozitor și, cu toate că n-a avut legătură directă cu Victor, incidentul acela m-a făcut să plec definitiv. Pur și simplu n-am mai avut energie să stau să cântăresc relația, să mă gândesc care e calea de mijloc și ce trebuie să fac eu ca să merg pe ea. Ajunsesem în ultimele luni să fac doar asta, erau liste și coloane cu argumente pro și contra în capul meu, iar eu voiam să fiu într-o relație care curge de la sine – care ar fi trebuit să curgă de la sine după atâta timp, credeam –, nu care mă provoacă în permanență să-i cântăresc avantajele și dezavantajele.

Într-o seară când eram acasă doar cu Muchi, Bogdan mi-a trimis un mesaj să vin pe la ei, că avem ceva de discutat. A spus la plural, „pe la noi", nu știu dacă intenționat sau așa se referea el în general la propria casă. Dar nu era decât el. Am întrebat unde e Andrada și el a spus că a ieșit cu prietenele, ceea ce mi s-a părut ciudat, fiindcă ea nu menționase niciodată gașca ei de prietene. Știam că are diverse cunoștințe, ca toată lumea, dar prieteni nu prea aveau niciunul dintre ei, acum auzeam prima dată de o seară în oraș cu fetele.

Nu mai fusesem niciodată singură în casă cu Bogdan. Andrada spusese clar, de la început, că e teritorială, iar eu trebuia să înțeleg (și am și înțeles) din asta că nu trebuie nici măcar să-i privesc bărbatul. Nici măcar nu-mi plăcea Bogdan. Nu-l cunoșteam aproape deloc, dar, oricâte calități ar fi avut, violența și temperamentul lui furtunos le anulau din start. Nu m-a interesat niciodată să ne cunoaștem mai bine.

Așa că Andrada putea oricum să stea liniștită, dar faptul că își marca teritoriul în mod constant, ca să folosesc vocabularul ei, când eram acolo, suna ca un fel de amenințare. Iar asta mă făcuse să evit sistematic să mă aflu în preajma lui Bogdan, cu atât mai puțin să fiu singură cu el în casă.

M-a invitat să mă așez pe canapea și m-a întrebat dacă vreau ceva de băut. El avea un pahar de vin aproape gol, dar nu și-a mai turnat. Eu n-am vrut nimic, m-am așezat încordată pe marginea canapelei, cu genunchii lipiți.

Fără nicio introducere, mi-a spus că am o influență proastă asupra Andradei și că-i bag în cap idioțenii, că o duc la vrăjitoare și o instig să fie obraznică față de el. Voia să știe unde mergem la vrăjitoare și ce-i spune aia Andradei despre el.

Am rămas interzisă.

— Doar nu crezi în vrăjitoare, i-am spus.

— Bineînțeles că nu cred, dar proasta asta se duce și vreau să știu ce vorbește acolo.

— Poate nu vorbește despre tine.

— Dar despre cine? a sărit.

M-am ridicat să plec.

— Mi se pare ciudată discuția asta, n-am cum să te ajut, am zis.

— Nu pleci nicăieri, a zis și s-a pus în fața mea. Vreau să știu adresa unde se duce și ce face acolo.

— Eu de unde să știu ce face? Nu știu. Își ghicește în cafea, habar n-am.

— Se duce mereu cu tine, cum nu știi?

— Mereu? Am fost o singură dată la ghicitoare și o dată la yoga, atât. În rest, nu m-am dus cu ea nicăieri.

Mi-a spus că sunt o mincinoasă și că o încurajez să se ducă la toate escroacele care-i bagă în cap idei despre el. Și că e foarte tupeistă de când am apărut eu în peisaj, că i-a zis lui Victor să-mi bage mințile în cap, dar că ăla nu suportă să i se spună cum să se poarte cu femeile lui.

Simțeam cum îmi fierbe capul, mi se încinseseră urechile și mi se uscase gura. Mai rău decât halucinațiile lui despre vrăjitoare mi se părea faptul că mă băgase în oală cu femeile lui Victor. Am vrut din nou să plec, dar el m-a apucat de încheietură și m-a întrebat de ce-mi bag coada. Ce interes am? Am un interes la el?

Am reușit să mă smucesc, sau poate că a slăbit el strânsoarea, precaut. Poate avea totuși o urmă de luciditate. Dar n-aveam cum să trec de el către ușa de la intrare și pe moment n-am găsit o soluție mai bună decât să urc pe scări, la etaj. A rămas la baza scărilor și a început să râdă, iar eu m-am dus în baia de sus și am încuiat ușa cu cheia. Am sunat-o pe Andrada de patru sau cinci ori, dar n-a răspuns. După aia m-am gândit la Victor, care era la Timișoara câteva zile cu jobul, dar ceva mi-a spus atunci că nu e o idee bună să-l sun. Eram convinsă că nu va fi de partea mea, cu toate că poate ar fi reușit să-l potolească pe frate-său. Dar știam că nicio femeie nu va fi niciodată mai presus de relația lor. Am sunat la 112, dar, când operatoarea a răspuns și a zis „Ce urgență aveți?“, am închis. Nu știam ce să spun. Nu știam cum să pun în cuvinte situația. Nu mi s-a mai părut demnă de o intervenție, mi-a fost rușine să cer ajutor și frică de urmări. Așa că am rămas eu cu panica mea. Am încercat să mă calmez. Am așteptat niște minute lungi, foarte lungi.

Fereastra de la baie era destul de mare cât să ies prin ea, dar era prea sus și n-aveam de ce să mă sprijin ca să cobor, îmi era teamă să sar, ar fi fost prea periculos pentru mine. Dar știam că pe partea cealaltă a casei e un liliac mare, un copac în toată regula, cu trunchiul rezistent, și m-aș putea ajuta de el să cobor.

Am deschis încet ușa de la baie și de jos am auzit dintr-un laptop vocea unui comentator sportiv sau ceva de genul ăsta. Bogdan plecase de la baza scării, nu-l mai vedeam. Am trecut în vârful picioarelor în camera care era geamăna camerei mele cu divanul, dar care la ei era un fel de depozit cu de toate, umerașe cu lucruri înșirate pe niște bare mobile, cutii, statuete și altele. Era doar o lumină slabă, care venea din lateral, de la un felinar din stradă, dar a fost suficientă ca să văd să deschid fereastra și să încalec pervazul. M-am julit pe ambele brațe și mi-am rupt bluza, dar am reușit să cobor fără să-mi trosnească oasele și m-am dus țintă către casa mea, fără să mă uit în stânga sau în dreapta sau în urmă, fiindcă îmi era frică să nu-l văd cum vine după mine.

Am încuiat și am lăsat cheia în ușă, fiindcă știam că au și ei o cheie de la noi. N-am aprins luminile. N-am nevoie de rahatul ăsta în viața mea, m-am gândit. Ei m-au transformat într-o persoană care fuge pe geam, dar eu nu sunt o astfel de persoană. Nu vreau să-mi testez abilitățile de supraviețuire. Nu provocată de alte ființe umane, în tot cazul.

Mi-am luat rucsacul de munte și am pus în el ce mi s-a părut important pe moment. Am bâjbâit printre cutiile de pantofi și am găsit-o pe cea cu kitul de evadare, mi-am luat de acolo punga mea de hârtie și m-am uitat o secundă sau două la săculețul în care se aflau actele Andradei și un teanc generos cu bancnote de două sute de lei. Am luat banii.

Dă-o încolo de tâmpită, mi-am zis. N-are decât să înfigă ace în păpuși cu fața mea.

L-am pus pe Muchi într-o sacoșă de cârpă, dar era agitat, cu toate că el mai fusese scos în lume cu sacoșa. Poate că simțea neliniștea mea.

Am chemat un Uber, am încuiat ușa și am pus cheia – cheia mea – sub un ghiveci din grădină.

Mașina a venit foarte greu.

Odată ce am urcat și am ieșit de pe străduță, am strâns câinele la piept și mi-am îngropat fața în corpul lui.

Îi mirosea blana a păturică și a pufuleți.

Șoferița m-a întrebat dacă e totul în regulă, dacă să oprească sau să trecem pe la o farmacie sau ceva, dar i-am zis că nu e nevoie, doar să mă ducă acasă, iar acest „acasă" a fost pentru mine reconfortant și pentru ea convingător, așa că m-a dus întins, pe străzi pustii, acasă la mama și la tata.

Mama m-a așteptat în fața blocului și m-a ajutat cu bagajul. Mi-a zis că arăt ca după război, dar am asigurat-o că nu e așa grav pe cât pare și, în general, m-am străduit să le dau cât mai puține detalii, încercând totuși să nu le spun minciuni și să nu inventez. Tata mi-a curățat și mi-a pansat rana de pe brațul stâng, o tăietură adâncă în care se vedea carnea. Apoi mi-a adus un sedativ, ca să dorm și să mă refac. L-am îmbrățișat – vedeam în el în clipele alea medicul de odinioară, care fusese stâlpul nostru atâția ani. Îl voiam înapoi pe tata, dar cred că începeam să mă obișnuiesc cu el așa cum era. Nu să-l înțeleg, dar să mă obișnuiesc, și nu sunt sigură dacă nu cumva e același lucru.

Mi-a răspuns la îmbrățișare. Nu știu ce-și spunea el în secundele alea, dar mă gândesc că uneori nici nu e nevoie să pui în cuvinte tot ce simți, cuvintele mai mult te încurcă. Nu trebuie să articulăm tot. Putem să lăsăm corpul să vorbească.

După o zi sau două, nu mai știu cât am dormit, i-am scris un mesaj scurt și sec lui Victor, în care-l anunțam că am plecat definitiv (din nou) și că am lăsat cheia sub ghiveci (din nou). Ce a fost diferit de data asta a fost răspunsul lui, care a venit în secunda următoare: „Să-ți fie bine!".

Mi-a fost greu să-mi dau seama ce vrea să spună. Mi-am închipuit că e supărat și mi-a părut rău, m-am simțit vinovată, dar în același timp furioasă, pe el și pe tot neamul lui. După aia mi-a venit să râd (poate a vrut să zică „Să-ți fie *de* bine?") și i-am dorit și lui să-i fie bine, dar numai în mintea mea și cu eforturi destul de mari. După care m-am lăsat scufundată într-o tristețe adâncă.

Îmi prindea bine că eram acasă și că ai mei erau din nou acolo. Eram atât de acaparată de propriile mele probleme, încât n-am mai stat să le observ și să le absorb furia mocnită (mama) și încăpățânarea cu care era refuzată realitatea (tata). Mama făcea ce știa ea să facă, și anume să îngrijească, în cazul acesta pe mine, iar asta era tot ce-mi trebuia, oricum. Îmi făcea mâncare de trei ori pe zi, îmi călca și-mi împăturea hainele, dar de vorbit nu vorbeam și pe mine asta mă stânjenea un pic, pentru că eu sunt un om al cuvintelor și al ordinii pe care o impun cuvintele. Dar atunci am lăsat-o să fie așa cum voia ea să fie, nu m-am mai simțit datoare să intervin și să repar nimic, așa cum mă simțisem de atâtea ori de-a lungul vieții. Eram pur și simplu prea obosită. L-am lăsat și pe tata să fie așa cum voia să fie. Și pe mine m-am lăsat să bolesc, plângeam până vomitam, fiindcă așa mi se întâmplă în perioadele când sunt foarte tristă, și mă bucuram că nu mă ceartă nimeni că sunt proastă și plâng până vomit.

După vreo două săptămâni, Victor a început să se insinueze iar cu mesaje. Că îi e dor de mine, noi suntem făcuți unul pentru altul, e îngrijorat că nu mai dau semne și altele. La un moment dat mi-a scris pur și simplu „Mă găsești când vrei".

Nu înțelegeam de ce nu renunță la relația asta. Fusesem o iubită disprețuită, de ce nu se lipsea odată de mine?

I-am răspuns în cele din urmă și mi-am cerut scuze pentru ce urma să fac, și anume să-l blochez pe toate canalele. După care mi-am șters conturile de pe rețelele de socializare și mi-am schimbat numărul de telefon și telefonul cu totul.

În cocktailul de sentimente care m-au stăpânit în săptămânile și lunile următoare, cea mai puternică a fost dezamăgirea mea față de mine că am ales din nou greșit. Aveam impresia că toată viața mea e un lung șir de alegeri greșite și că eu însămi sunt greșită, din moment ce aleg mereu ceva greșit. M-am tot întrebat cui îi trimisese Victor poza aia cu mine de la prima întâlnire și dacă doar pe aia o trimisese, îmi revenise obsesia pentru incidentul ăsta cu poza, dar apoi mi-am dat seama că o să înnebunesc dacă mă agăț de detalii din astea și le umflu.

El e un bărbat care-și poate găsi repede consolare, mi-am zis, fără să vreau să mă gândesc mai departe de atât, aș putea și eu măcar să-mi găsesc liniștea.

Mama era și ea la pensie și petrecea mult timp acasă. A început să meargă duminica la biserică. Se îmbrăca frumos, afișa o decență îndelung căutată, îi lua mult timp să se pregătească. Nu voia să fie stridentă, dar nici ștearsă. Știu că dintotdeauna îi lua mult timp până ieșea și glumea spunând că femeile care ies greu din casă se mărită greu. Eu ieșeam imediat, nu-mi lua mai mult de câteva minute să mă pregătesc, dar se pare că zicala ei nu se potrivește, dacă ieși prea ușor din casă, nu ești suficient de feminină. Să te faci feminină durează.

Naiba mai știe și cu înțelepciunea populară.

Mama mi-a spus la un moment dat că se duce la biserică de-a dracului, să-l oftice pe tata și să-l invadeze și mi s-a părut just, am încurajat-o să facă asta. În glumă, dar numai pe trei sferturi. Cred că de la un punct încolo a început să-i placă, totuși, a cunoscut oameni noi și a devenit interesată de rețeaua de produse bio care se tranzacționau la biserică. Părea să fie un *hub* social mai ofertant decât clubul pensionarilor.

Stăteau separat în timpul liturghiei, ea în stânga, la femei, el în dreapta, la bărbați. Ea cu capul acoperit (mi-o imaginam încordată, cu gâtul țeapăn, să nu-i alunece eșarfa aruncată neglijent pe părul încă foarte bogat), el cu capul descoperit. Fiecare avea propria pernuță pentru genunchi, dar mama ducea ambele pernuțe în poșeta ei uriașă. Duminica se duceau și se întorceau împreună, dar în timpul săptămânii tata avea traseul lui pe la alte biserici, pe care și-l făcea de unul singur. Mama nu putea să ducă mai mult de o zi pe săptămână.

Am întrebat-o care e momentul ei preferat de la slujbă și mi-a zis că habar n-are, ea se gândește la ale ei, nu poate să fie atentă.

— Nu cânți și tu „Tatăl nostru"? am întrebat-o.

— N-am eu voce de „Tatăl nostru", a spus.

De când mergea și ea, tata nu se mai împărtășea în fiecare duminică, i se făcuse și lui rușine de fanatismul lui. Sau nu se mai simțea atât de împovărat de păcate. O lăsase mai moale și cu milosteniile.

De ziua mea, am primit pe adresa părinților un buchet enorm de flori. Mă mutasem cu chirie într-o garsonieră nu departe de ai mei, dar eram acolo când a venit curierul cu florile. Felicitarea nu era semnată, dar era clar că era de la Victor, pentru că era scrisă de mâna lui. Un „La mulți ani!" simplu și un desen cu un om de zăpadă, care reproducea un emoji pe care ni-l trimiteam frecvent și care însemna o îmbrățișare.

Când am văzut-o, mi s-a făcut rău fizic. Am simțit o durere în coșul pieptului, de parcă acolo s-ar fi deschis un hău, și am simțit toxine în mușchi. Am amuțit complet și mi-am dat seama atunci că nu mai aveam absolut niciun cuvânt de spus despre el și despre ce-a fost între noi. Nici măcar vocea aceea care vorbește neîncetat în capul meu nu mai putea articula niciun gând, nu mai putea identifica nicio emoție. Vorbiserăm tot, ne spuseserăm tot ce ne-am fi putut spune și acum totul era gol.

— Pe astea cred că le păstrezi tu, i-am zis mamei, care venise lângă mine în hol și care și-a dat seama despre ce e vorba.

— Le-arunc dacă vrei.

— Nu, lasă, păcat de ele. Flori refrigerate din Olanda... După ce au bătut atâta drum... Ține-le măcar o zi.

Încă mai aveam banii de la Andrada și începuse să-mi pară rău că i-am luat. După ce am ieșit din balonul acela de săpun și m-am dezmeticit, mi-a încolțit gândul că ar trebui să-i restitui. Nu mai aveam numărul ei de telefon, dar o puteam găsi pe rețelele de socializare sau mă puteam duce până la Corbeanca, dar muțenia care mă cuprinsese în legătură cu toată povestea era mai puternică decât mine. Nu mai puteam să dezgrop pe nimeni și nimic.

L-am rugat pe tata să se ocupe, dar mi-a făcut morală că am furat (nu foarte convins) și mi-a zis că e treaba mea să rezolv, așa că am lăsat-o baltă. Banii îi țin în continuare într-o cutie de pantofi, fără niciun fel de intuiție legată de ce voi face cu ei.

Mi-am găsit de lucru ceva nici mai bun, nici mai rău decât joburile anterioare și în săptămâna dinainte de a începe serviciul mi-am luat un *city break* la Amsterdam, timp de trei zile. Am găsit o ofertă la bilete de avion. Mi-am spus că era o întâmplare că taman la Amsterdam, dar nu știu dacă nu cumva ceva a lucrat pe dedesubt și m-a făcut să aleg această destinație. Nu mai fusesem acolo de când îl cunoscusem pe Victor în avion și orașul n-avea cum să nu-mi aducă aminte de el, deși în ziua aia, cu aproape trei ani în urmă, el plecase mai departe.

Am prins vreme frumoasă, așa că am hoinărit pe străzi și am zăcut pe iarbă în parcuri, bucuroasă că sunt într-un loc în care nu mă cunoaște nimeni, că sunt singură și nu trebuie să vorbesc cu nimeni, că nu trebuie să am nicio părere despre nimic, că pot să tac și asta nu mă face ciudată.

Eu, care eram o persoană atât de vorbăreață, mă bucuram pur și simplu să tac. Nu trebuia să mă fac plăcută pentru nimeni. Nu trebuia să mai scot pe gură frumusețea interioară.

Trăiam o experiență nouă – aceea de a fi tăcută și invizibilă – și mă speria un pic sentimentul că s-ar putea să-mi placă.

Singurul obiectiv turistic pe care mi-l propusesem, încă dinainte de plecare, era Muzeul Maritim. Văzusem mai multe muzee maritime în orașe europene și mă atrăgea ceva la ele, cu toate că erau toate niște cimitire de armament din vremea unor imperii și mă cutremura gândul la acele bătălii trecute. Toate săbiile înșirate mă făceau să mă gândesc numai la burțile în care au fost înfipte. Cred că mă fascinau de fapt descoperirile naturaliștilor, ale geografilor, n-aveam cum să nu asociez corăbiile cu ideea de explorare, care-mi venea cel mai probabil din poveștile din copilărie, atunci când lumea nu era un loc atât de complicat pentru că nu trebuia să-l chestionezi în permanență. Și mai era și plăcerea pe care o simțeam eu însămi când mă aflam în apă – în orice fel de apă –, modul în care apa îți modifică percepția față de propriul corp, modul în care te auzi și te simți pe tine altfel când înoți, felul în care dispar durerile și tu aproape zbori. Universul acvatic, în toate formele lui, mă atrăgea pentru că schimba atât de mult coordonatele vieții terestre.

La muzeul din Amsterdam, în afara obișnuitelor relicve, diorame și texte lungi de pe pereți, erau și câteva încăperi interactive, care-ți propuneau experiențe senzoriale. Una dintre ele, de mărimea unui container de marfă, îți promitea că te va purta, din jumătate în jumătate de oră, pe tot traseul parcurs de mărfuri de la fabrică până în supermarket, trecând prin porturi, pe oceane și pe șosele. Mai era doar un minut până se făcea ora la care începea proiecția, așa că am intrat.

Eram numai eu, iar camera aceea mi-a dat în următoarele minute un sentiment incredibil de veridic că mă aflu într-un container transparent. Însoțite de sunetele de rigoare, proiecțiile erau sincronizate pe toți pereții și simțeai foarte clar cum te poartă vapoarele pe mări și oceane, cum te descarcă în port, cum te încarcă pe camion. Când m-a luat macaraua și m-am clătinat suspendată în aer, m-a luat amețeala. Era o conspirație fantastică a simțurilor, din moment ce eu stăteam într-o încăpere din muzeu, cu picioarele pe o podea stabilă. De ce aveam vertij? Mi s-au înmuiat genunchii din cauza înălțimii și mi-am pierdut echilibrul. În încăpere erau montate câteva bare metalice de care să te ții, ca niște balustrade, așa că probabil era normal să simți asta. M-am ținut de bară, am strâns-o bine, mi-am încordat tot corpul. Se auzeau sirene, pescăruși, motoare, iar eu m-am chircit lângă balustradă ca să nu cad. Dacă ar mai fi fost și alți vizitatori acolo, poate că mi-ar fi fost rușine să-mi arăt slăbiciunea și să mă ghemuiesc neputincioasă, dar eram singură și am acceptat acest joc al minții mele. Când containerul în care aveam impresia că mă aflu a fost încărcat pe un tir și a pornit la drum întins pe autostradă, m-am ridicat în picioare și am ieșit.

M-am așezat pe o bancă din muzeu, încă amețită.

Ce chestie, am zis.

Mi-am sprijin capul în mâini și coatele pe genunchi, ca un gânditor, și am așteptat să mă întorc în filmul realității, acela în care mă aflam într-un muzeu, și nu în altă parte. Eram uimită și amuzată în același timp. De cât de înșelătoare poate fi viața. De secundele acelea rare în care-ți dai seama că viața ești tu și că viața e acum.

Și, în momentul acela, dorul meu reprimat față de Victor a ieșit din adâncuri, acolo unde fusese îngropat cu mare efort, sub forma unui gând ciudat: că așa a fost și relația noastră, ca acel container, care era ceva, dar părea altceva. O conspirație a minții tale, un loc din care ieși bulversat, pentru a constata că l-ai iubit pe celălalt total și devastator și că așa se poate iubi numai un om pe care nu-l cunoști.

proză EGO

au apărut:

Dan Sociu – *Pluto în Scorpion*
Ștefan Manasia – *Cronovizorul*
Simona Goșu – *Fragil*
Bogdan Răileanu – *Să nu lași moartea să te găsească*
Cristian Fulaș – *Ioșca*
Bogdan Crețu – *Cornul inorogului*
Adrian Schiop – *Să ne fie la toți la fel de rău*
Tudor Ganea – *Cântecul păsării de plajă*
Florin Irimia – *Bărbatul din spatele ceții*
Dinu Guțu – *Perestroika Boys*
Mihai Buzea – *Paralel*
Andrei Dósa – *Multă forță și un dram de gingășie*
Cezar Amariei – *Exerciții de liniște*
Liviu Surugiu – *Fata de pe Drumul Mătăsii*

www.polirom.ro

Redactor: Raluca Tolcev
Coperta: Radu Răileanu
Tehnoredactor: Luminița Păun

Bun de tipar: august 2021. Apărut: 2021
Editura Polirom, B-dul Carol I nr. 4 • P.O. BOX 266
700505, Iași, Tel. & Fax: (0232) 21.41.00; (0232) 21.41.11;
(0232) 21.74.40 (difuzare); E-mail: office@polirom.ro
București, Splaiul Unirii nr. 6, bl. B3A, sc. 1,
et. 1, sector 4, 040031, O.P. 53
Tel.: (021) 313.89.78; E-mail: office.bucuresti@polirom.ro

IMPRIMERIILE DAVID

Iași, Șoseaua Ștefan cel Mare și Sfânt 67-69, 700498
Telefon: 0232 276221, Fax: 0232 232588
www.imprimeriiledavid.ro

Contravaloarea timbrului literar se depune în contul
Uniunii Scriitorilor din România
Nr. RO44RNCB5101000001710001 BCR UNIREA